# 旦那様は他人より他人です
# ～結婚して八年間放置されていた妻ですが、この度旦那様と恋、始めました～ 1



ティアラブックス

# Character

## クラウス・ヴァノ

ルグラン国の侯爵。その美しい姿に多くの女性が目を奪われ、妻のルーフィナには関心がなく結婚後一度も会いに行っていい。しかし、舞踏会で八年ぶりにかけたルーフィナの姿が頭かられず……。

## ルーフィナ・ヴァノ

八歳の頃に両親を亡くしたことをきっかけにヴァノ侯爵家に嫁いだ元公爵令嬢。夫のクラウスとは結婚して八年間会っていないため、顔も覚えていない。周囲は白い結婚であることを知っており、お見合い話が舞い込んでくることも。

## カトリーヌ・ミシュレ

ラウスの親友・マリウスの元妻。八年前にマウスを亡くしてから、クラウスに対し、異様なでに執着心を抱いており……？

## リュカ・マスカール

爵令息で、ルーフィナと同じ学院に通う幼馴のひとり。ベアトリスと頻繁に言い合いをす一方、密かに好意を寄せている。

## テオフィル・モンタニエ

公爵家の次男。学院の入学時にルーフィナと出会い、既婚と知りながら片思いをしている。ルーフィナを蔑ろにするクラウスに敵対心を向けている。

## ベアトリス・ミレー

爵令嬢で、ルーフィナと同じ学院に通う幼馴のひとり。お金持ちの旦那様を見つけるべ、日々夜会に繰り出している。

# Contents

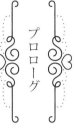

# プロローグ

八年前――ルーフィナは当時侯爵令息だったクラウス・ヴァノの妻になった。彼は城下町の外れにあるこの大きな屋敷にルーフィナを連れて来た。

「君とは形式上だけの関係で、一緒に暮らすつもりはない」

目も合わさず顔すら見る事もなくそう言い捨てた。彼はその後、何やら使用人達と話をしていたが、それも終わるとルーフィナに一瞥《いちべつ》もくれる事なく馬車に乗り込み去って行った。

あれから八年、彼がルーフィナに会いに来る事は一度もなかった。ただ衣食住に困る事はなく、寧ろ贅沢な暮らしを送っていると思う。使用人達も皆優しく働き者で、何の不満もない。

十二歳の時から学院に通い出し、友人達にも恵まれている。毎日が平穏過ぎて、時折自分が結婚している事すら忘れそうになってしまうほどだ。たまにお見合いの話さえくるものだから余計かもしれない。既婚者にお見合い話を持ってくる非常識な人間などいるのかと思うかもしれないが、それには理由があった――。

穏やかな昼下がり、柔らかな日差しと心地の良い風の吹く中、学院の中庭に設置されているガゼボでは男女四人が昼食を摂っていた。

「遂に、遂に！　私達も社交界デビューする時が来たんですね。絶対に、お金持ちの旦那様を捕まえて見せます!!」

かなり興奮した様子で話すのは長い亜麻色の髪を縛り上げ、ヘーゼル色の瞳が特徴的な子爵令嬢のベアトリス・ミレーだ。手にしているパンは、強く握り締めたせいで少し潰れてしまっている……。

「お金持ちの旦那ね……本当ベアトリスってお金に目がないよね。僕は正直面倒臭いなぁ。テオフィルもそう思わない？　そうだ、なんなら一緒にサボろうよ」

早々に食べ終わり椅子に凭《もた》れ掛かって欠伸をしているのは伯爵令息のリュカ・マスカール。赤みを帯びた金色の髪は文句なしに綺麗だが残念ながら寝癖は今日も健在だ。

「社交界に出るという事は、僕達が一人前として認められたという証であり誇らしい事なんだ。リュカ、君も絶対に参加するべきだよ」

柔らかな藍色の髪とヘーゼル色の優しい瞳、如何にも好青年で爽やかに笑う彼は名門モンタニエ公爵家の令息テオフィル・モンタニエ。家柄も良く頭も良い、容姿端麗で剣の腕も立つ、更に性格まで良いとあり、令嬢達の憧れの君だ。

「流石テオフィル様！　いい事仰るわ〜。ほら、リュカ様も見習わないと」

「はいはい。ていうかベアトリス、その前に君パートナーいるの？」

リュカの指摘に、ベアトリスの笑顔が見るからに引き攣るのが分かった。

「それは……まあ、いない事もなくはないです」

「それっていないって事じゃん。流石に一人は寂し過ぎるよ」

「リュカ様、酷いです！　どうせうちみたいな貧乏子爵家の娘なんて誰にも相手にして貰えないって仰ってるんですよね⁉　貧乏人は大人しく貧乏人してろって事ですよね⁉　そんな事私だってよく分かっています！　だって、婚約者のいないお金持ちの同級生に片っ端から声は掛けたのに、全て断られてしまったんです……」

「いや、そんな事一言も言ってないけど……。というか片っ端から断られたって……そんなんでお金持ちの旦那捕まえるとか、絶対無理じゃん」

涙目でうなだれるベアトリスに、悪態は吐くがリュカが焦っているのが分かる。そんな二人の様子にテオフィルは肩をすくめた。

「分かったよ」

「何がですか……」

「仕方ないから僕が君をエスコートしてやる」

「え、リュカ様が」

予想だにしていなかったのか、ベアトリスは目を丸くした。

「なんだよ、その反応は！　不満なわけ？」

「いえ、だってまさか面倒臭がりのリュカ様がそんな風に仰るなんて……明日の天気は大荒れかもしれません！　大変、うちの庭の畑がダメになってしまうわ！」

何だかんだと仲が良く微笑ましい二人を見ていると、テオフィルから話を振られた。

「それでルーフィナは、勿論侯爵殿と行くんだろう？」

突然そんな事を言われたルーフィナは目を丸くして小首を傾げる。

「どうしてですか？」

その瞬間、驚いた顔をする三人からの視線を一気に集めた。

# 第一章　舞踏会と社交界デビューと

ヴァノ侯爵家本邸――クラウス・ヴァノ、若き侯爵であり、この屋敷の主人だ。色白で端麗、絹のような美しい蜂蜜色の金髪は一瞬女性と見紛《みまが》うだろう。翠色《すいしょく》の瞳はまるで宝石のようだ。

クラウスが家督を継いだのは今から八年ほど前の事で、当時はまだ二十歳だった。父である前ヴァノ侯爵が病で急死してそのまま受け継いだ。

「そうか、もうそんな歳になるのか……」

執事のジョスから、今度城で開かれる舞踏会で妻のルーフィナが社交界デビューすると聞かされ、使っていたペンを置いた。

「分かった。彼女には舞踏会の日の夕刻に迎えに行くと伝えておいてくれる？」

「承知致しました」

あれから八年……妻である彼女とは一度顔を合わせたきりで会っていない。時折ジョスが気を回しているのか知らないが、お節介な事に彼女の近況を報告してくるので元気でやっている事は知っている。

政略結婚で歳も随分と離れており、嫁いできた当初彼女はまだ八歳で自分は二十歳だった。親子ほどではないにしろ、兄妹というには少し離れている。正直いったいどうしろというんだと父に腹が立ったが、決まってしまった事にはどうしようもなかった。

数日後――何時も通り書類に目を通していると、クラウスはふと舞踏会の件を思い出し、タイミング良くお茶を手に執務室に入って来たジョスに尋ねた。

「そういえば、彼女には舞踏会の事は伝えてくれたのかい」

「はい……ルーフィナ様のお屋敷に使いを送りお伝えは致しましたが……」

気不味そうに口籠るジョスに、クラウスは眉根を寄せる。伝えたならば報告の一つくらいしても良いのではと思い呆れる。ジョスはクラウスより幾分か歳上ではあるが、家令としては年若く未熟なところがある。そもそも気の優しい性質であり人がいい故かたまに頼りない。だが仕事振りは真面目で優秀であり、以前このヴァノ家本邸で家令を務めていたジョスの義父も彼の仕事振りを買っていた。それ故に残念でならないが、ジョスの長所でもあると考えているので仕方がないと諦めている。

「それで、どうしたの」

「その、非常に申し上げ難いのですが……ルーフィナ様は既に別の方とお約束なさったと仰っているらしく……クラウス様とご一緒は出来ないと……」

「……は？」

一瞬自分の耳を疑った。理解するまでに数秒を要し、ジョスの言葉の意味は理解出来るがやはり何を言われたのか理解出来ない。思わず間の抜けた声が洩《も》れた。

「あははは！」

「うるさい、笑うな」

数日前の出来事を話すと友人のアルベール・ブロリーは余ほど面白かったらしく大口を開けて笑う。こんなのでも一応侯爵令息であり騎士団ではそれなりの立場にあるのだから、ある意味凄い。短髪茶髪の焦げ茶色の瞳、良い具合に日に焼けた肌、大柄で確かに一見するとまあまあ威厳を感じなくもない。だが中身は品性の欠片もないガサツな男だ。

「アルベール、幾ら何でも笑い過ぎですよ」

アルベールを注意しているが、当の本人の顔を見れば含み笑いをしている。黒髪に琥珀色の瞳、ズレた眼鏡を直しているのはラウレンツ・ドーファンだ。彼もまたクラウスの友人で公爵令息であり、今現在、次期公爵として修業中だ。

「それにしても傑作だなぁ」

「何処が傑作なんだよ。全然笑えないけど」

「そうか？　昔から令嬢達から付き纏われるくらい人気のあるお前が、まさか自分の妻に振られるなんて、こんな話笑わずにはいられないだろう」

まあ否定はしない。自慢ではないが昔からこの容姿のせいで女性達からはよく付き纏われ正直うんざりしている。結婚後もそれは変わらず、社交の場に出れば愛人にして欲しいとせがまれる事もしばしばだ。

「だけどさ、自業自得だよな。それだけ長い間放置してたんだ、今更夫面するとかムシが良過ぎるだろう」

「っ……」

歯に衣着せぬ物言いはアルベールの良いところだとクラウスは思ってはいるが、今回ばかりは腹が立つ。だが事実なので言い返す事は出来ない。

「で、どうするんだよ」

「……彼女の意思を尊重する」

つい先ほどまでは正直どうするべきかと悩んでいた。こちらとしては顔に泥を塗るような真似をされて、些《いささ》か腹が立っている。約束しているとされる人物が何処の誰かなどクラウスは知らないが、調べ上げ抗議の一つでもしてやらないと気が済まない。形式上とはいえ彼女は自分の妻に違いないのだ。そんな風に考える一方で十歳以上も歳下相手に大人気ないとも思っていた。彼女は今学院に通っているのだから、普通に考えて相手は同級生か若《も》しくは上級生だと思われる。何《いず》れにしてもクラウスから見れば青二才に違いない。何しろ夫のいる女性を誑《たぶら》かすような相手だ、碌《ろく》なものではない。相手にするだけ時間の無駄だと悶々としていた。ただクラウスは先ほどのアルベールの言葉を受け、今回は何もせずに大人しく引き下がる事に決めた。

「ですがクラウスも舞踏会には参加されるのですよね？　貴方はどうされるのですか？」

いい歳してパートナーも連れずに、舞踏会やら夜会やらに参加するなど恥ずかしくて流石に出来ない。そんな事言われるまでもなく分かっている。

「何時も通り、彼女にお願いするから問題ないよ」


今宵城で開かれる舞踏会の為に、数ヶ月前から準備をしてきた。これまでお茶会などに参加する事はあったが、同年代の男女のみで大人達はいなかった。これからは様々な年代の大人達に交じり交流をしていかなくてはならない。貴族として当然の事だ。不安はあるが、テオフィル達もいてくれるので心強い。

「流石ルーフィナ様、何を着てもお似合いです！」

「ありがとう、マリー」

今日の為に新調した淡い青色を基調とし青の刺繍と金色の差し色が美しいドレスに着替えると、侍女のマリーが手放しで褒めてくれた。ルーフィナより十歳上で使用人の中では最年少の彼女は何時も元気で明るく、ルーフィナにとっては姉のような存在だ。

「ルーフィナ様が社交界デビューされるなんて、早いものですね」

使い終えた化粧道具などを片付けながら、侍女長のエマがしんみりと話す。

「ルーフィナ様と初めてお会いしたのが昨日の事のようでございます。ご立派になられまして、私は嬉しく思います」

薄らと目尻に涙を滲ませるエマに、他の使用人達は和やかに笑った。

八年前、ルーフィナはある日突然両親を事故で亡くした。外交先に向かう途中、乗っていた馬車が崖から落ちたと聞いたが正直よく覚えていない。あの時は両親が亡くなったと聞かされ放心状態で、大人達が色々と話していたが全て雑音にしか聞こえなかった。ただ一つ理解出来た事は、ルーフィナの引き取り先で揉めていた事だ。欲望むき出しの目でルーフィナを見る大人達は、皆《みな》一様に怖いくらい笑顔だった。

誰も両親が死んだ事を悲しんでくれない――それどころか喜んでいるようにさえ思え怖くて悲しかった。あの時は何故あんなにも大人達が挙《こぞ》ってルーフィナを引き取りたがっていたのか分からなかったが今なら理解出来る。

この国の現国王であるライムントは昔から実妹であるルーフィナの母セレスティーヌを溺愛していた。それ故にルーフィナを引き取る事で、国王に恩を売れる、王族との繋がりが出来る。または援助金やルーフィナの受け取る両親の遺産などが狙いだったのだろう。最終的にこのヴァノ家へと嫁ぐ事になったがその経緯をルーフィナは知らない。だが幸いだったとは思っている。この八年の間、ただの一度も夫であるヴァノ侯爵は妻のルーフィナに会いに来た事はなかったが、逆に気兼ねなく過ごす事が出来た。それに使用人達は皆優しく働き者で良い人ばかりだ。屋敷には愛犬のショコラもいるし、友人にも恵まれている。従兄《いとこ》も事あるごとにルーフィナを心配して様子を見に来てくれて、寂しい事など何もない。

また両親から受け継いだ遺産の権利はルーフィナにあるが、今はヴァノ侯爵が管理をしてくれているそうだ。彼に関して正直何も知らないが、以前ヴァノ家本邸で家令を務めていた執事のジルベールが心配はいらないと言っているのでその事に関しては信頼している。因みにジルベールは今はこのヴァノ家別邸で家令を務めてくれている。


城に到着したルーフィナは、広間へは行かず、馬車を降りた正門付近で今宵のパートナーであるテオフィルを待っていた。彼からは屋敷まで迎えに行くと言われたが、流石にそこまでして貰うのは申し訳ないので断った。

『え、侯爵殿と参加しないのかい？』

『はい、当然です』

あの時テオフィル達から驚愕されたルーフィナだが、正直何故そこまで驚くのか理解出来なかった。確かに普通の夫婦ならば当然のように伴侶を伴い参加するのだろう。だがその普通はルーフィナ達には当て嵌まらない。この八年間夫婦ではあったが、正直顔すら分からない間柄だ。ヴァノ侯爵の考えは分からないが、これまで無関心で放置していた妻が社交界に出るからといってまさか今更パートナーとして参加する筈がない。

『そうか……。ならルーフィナ、君のパートナーは僕に務めさせて貰えないかな』

テオフィルは少し考える素振りを見せた後そう提案をしてくれた。やはり彼は優しい。パートナーのいないルーフィナが恥をかかないようにと気を遣ってくれたに違いない。何故なら女性達から人気のある彼なら引く手数多の筈で、わざわざ既婚者のルーフィナなど選ぶ必要はない。そう考えると申し訳なく思い少し悩んだが、正直アテもないので今回は有り難く彼の申し出を受ける事にした。だがその数日後、ヴァノ家本邸から使いがやって来てヴァノ侯爵からパートナーの申し出を受けた。初めは困惑したルーフィナだが直ぐにピンときた。成るほど、これが所謂《いわゆる》大人の言う社交辞令かと勉強になった。

ぼうっとしながらそんな事を思い出している中、続々と到着する舞踏会の参加者達に期待と不安が入り混じる。ルーフィナの目前を、男女が同じ馬車から降りて来ては腕を組んだり腰に手を回したりして過ぎ去って行く様子に、一人ポツンと立っている自分が恥ずかしく思えて心細くなってきた。

(早く、テオフィル様いらっしゃらないかな……)

そんな時だった。また一台の馬車が門へと入って来ると止まった。すると周囲は少し騒がしくなる。軽く人集り《ひとだか》が出来るが、ルーフィナからはよく見えない。そんな時、誰かが「ヴァノ侯爵様よ」と言ったのが聞こえた。その瞬間、ルーフィナは咄嗟に柱の陰に隠れた。

「ルーフィナ?」

「!!」

突然後ろから声を掛けられビクリと身体を震わせる。ゆっくりと振り返れば、そこには目を丸くしているテオフィルが立っていた。

「テオフィル様」

「こんな所に隠れて何をしているんだい？　探したんだよ」

「い、いえ、その、ネ、ネズミが……いた気がしたんですが、多分見間違いです」

「ネズミ……？」

　恥ずかしいところを見られてしまいどうにか誤魔化そうとするも、気の利いた言い訳が出てこずテオフィルから不審な目で見られてしまった。

「すまない、随分と待たせてしまったね。僕はてっきり広間の事だと思い込んでいたんだ」

　どうやら何時になっても来なかったのではなく、彼の方が先に到着をして広間の出入り口でずっと待っていたそうだ。二人共初めての事で、待ち合わせていた出入り口の認識が違ったようだと互いに笑ってしまった。

「リュカ達は先に広間に行っているよ。僕達も行こうか」

　差し出された彼の手を取り、ルーフィナは広間へと向かった。

　テオフィルと共に広間に着いたルーフィナは、無事ベアトリスやリュカとも合流する事が出来た。学院での制服姿ともお茶会での私服姿ともまた違う友人達の正装姿に少し気恥ずかしさを感じる。

　お金持ちの旦那様を捕まえると意気込んでいたベアトリスは、やはり気合い十分の格好をしていた。全身装飾品やフリルなどで着飾っている。方向性は不明だが、似合っているので問題はないと思う。ただ彼女が言うには全財産を身に着けて来たらしい……。それを聞いて少し心配になってしまう。そんな彼女の隣には、あれだけ面倒臭いと文句を言っていたリュカの姿があるがやはり伯爵令息なだけはある。普段とは別人のように凛とした佇まいで正装を着こなしていた。今夜ばかりは寝癖はない。

「ルーフィナ、綺麗だよ」

「ありがとうございます」

隣で終始爽やかな笑顔を振り撒いているテオフィルもまた普段に増して今夜は一段と大人びており紳士的だ。そして何時もより増し増しで令嬢達からの視線も熱い。ルーフィナが隣にいてもお構いなしに代わる代わる令嬢達から声を掛けられている。相変わらず人気者だと感心をするのと同時に、やはり申し訳なくなってしまう。本来なら自分などではなく未婚でもっと素敵な女性が彼のパートナーには相応しい筈だ。

それにしても随分と久々だ。ルーフィナは幼い頃母に連れられよく登城していた記憶がある。だが母を亡くし結婚してからは訪れる機会もなくなった。久々に訪れた城に少しの懐かしさを覚えるも、まるで別世界のようだとも思えた。広間は無数の灯《あか》りで照らされ、まるで宝石を散りばめたようで、豪華な食事に優雅な演奏、誰もが華やかな出で立ちをしており全てが眩いくらいに光り輝いていた。

飲み物を口にしたり談笑したりと楽しんでいたルーフィナだったが、暫くして気分が悪くなってしまった。どうやら歩くのに苦労するほどの人の数に圧倒され少し人酔いをしてしまったみたいだ。そんなルーフィナを気遣いテオフィルは身体を支え壁際へと避難させてくれた。

水を取りに行ってくれたテオフィルにお礼を言って、ゆっくりとそれを飲み干すとようやく気分が落ち着いた。その後は休憩しつつ広間の中央で踊るベアトリスとリュカを眺めながら二人で談笑をしていた。

「テオフィル」

そんな時、一人の男性がこちらへと近付き声を掛けてきた。歳は中年ほど、背が高く筋骨たくましい、柔らかな藍色の髪とヘーゼル色の瞳……男性の特徴に、ルーフィナは横にいるテオフィルと思わず見比べる。

(顔立ちも髪色も目の色も同じ……もしかして)

「父上」

やっぱり……彼から聞くまでもなく納得をする。

「そちらが話していたご令嬢かな」

「はい、ルーフィナ嬢です」

テオフィルから紹介をされ、背筋を正しドレスの裾を持ち上げ会釈をする。

「初めまして、ヴァノ侯爵夫人。私はテオフィルの父のブラームス・モンタニエと申します。何時も倅《せがれ》がお世話になっています」

「父上、違います、ルーフィナ嬢です」

ルーフィナが挨拶を返そうとすると、テオフィルが口を挟んできた。だが指摘する理由が分からない。ヴァノ侯爵夫人だろうがルーフィナ嬢だろうが、どちらもルーフィナに違いない。

謎だ……。

「はは、そうだな。ルーフィナ嬢だったな」

軽く笑うブラームスとは対照的に不貞腐れたような顔をする彼に目を丸くする。普段の穏やかで怒りとは無縁である彼が珍しい。何がそんなに不満なのだろう……。

「初めまして、ルーフィナ・ヴァノです。こちらこそテオフィル様には何時も助けて頂いております」

テオフィルの父親が騎士団長を務めている事は以前から知ってはいたが、いざ会ってみるとてもそうは見えない。確かにかなり背も高く大柄ではあるが、気さくで話し易く何より穏やかだ。騎士団長と聞いてもっと強面《こわもて》で気難しい人を想像していた。またテオフィルには兄が一人おり同じく騎士団に所属しているそうだが、テオフィルはしていない。剣の腕は確かなのに勿体ない。だがまあ彼なりに思うところがあるのだろう。

「フィナ！　探したよ、こんな所にいたんだね。君は小柄だから人に埋もれてしまってないか心配したんだよ」

「エリアス様」

紫を帯びた銀色の髪の青年は、ルーフィナに気が付くと嬉しそうに駆け寄って来た。

彼はエリアス・ペルグラン、この国の王太子でありルーフィナの従兄にあたる。エリアスは昔から何かとルーフィナの事を気に掛けてくれ屋敷にもよく顔を見せに来る。この国には王子が三人いるが、仲が良いのは彼だけだ。因みに第二王子にはかなり毛嫌いされている。理由は分からないが、昔から顔を合わせると睨まれてからの舌打ちが通常だ。

「これは王太子殿下、ご機嫌よろしゅうございます」

「やあ、ブラームス。そっちの彼は君のご子息かな」

「王太子殿下、ご挨拶が遅れまして申し訳ございません。私はモンタニエ家の次男テオフィル・モンタニエです。どうぞお見知り置きを」

暫くエリアスも加わり雑談をしていると、ベアトリスとリュカが戻って来た。何だか妙な顔ぶれだなと漠然と思っていると「エリアス様！　私、エリアス様とは婚約破棄致します!!」と声が聞こえてきた。


舞踏会や夜会など義務的に参加しているだけで、クラウスにとっては退屈な時間でしかない。豪奢な食事や酒、演奏、華やかな女性達……どれも興味が湧かない。先ほど広間で合流したアルベールやラウレンツはそれなりに楽しめている様子で羨ましい限りだ。

「相変わらず、つまらなそうね」

赤ワインのグラスに口を付けながら、隣でクスクスと笑う彼女は今宵のパートナーであるカトリーヌ・ミシュレだ。蜂蜜色の波打つ長い髪を纏め上げ頸《くび》が露わになる様子は、女の色香を漂わせている。

「別に、普通だよ」

「貴方って昔から何をしていても冷めた目をしていたわよね」

元々同級生であり友人だったカトリーヌと互いに利害関係が一致して以来、社交界ではパートナーとして過ごしてきた。ただ決して恋人などの男女の間柄ではない。一応クラウスは妻がいる身であり、彼女もまた訳ありでそんな事は望んでいない。

「疲れた、散々な目に遭った……」

嬉々として女性を取っ替え引っ替えしながらダンスをしていたアルベールだったが、酷く疲れた様子で戻って来た。よく見ると両頬が赤くなっている。片側だけなら大体想像は付くが、何故両方ともなのか……。

「アルベール、その顔はどうしたの？」

「ん？　あーこれは何つーか……男の勲章みたいなもんだ」

「ただ単に普段のダラシない行いが招いた結果ですよ」

アルベールの後からゆったりと歩いて来たのは、先ほどまで妻とダンスをしていたラウレンツだ。

「夫人は一緒じゃないのかい」

「妻は友人等と込み入った話があるようでしたので、邪魔者の私は退散して来ました」

ラウレンツとその妻は社交界では有名なおしどり夫婦だ。どちらかといえば夫であるラウレンツが妻を溺愛しており、かなり頻繁に惚気話を強制的に聞かされる。

「それで、さっきのはどういう意味？」

「要は本命だと思わせていた女性同士が鉢合わせしてしまい、最終的に彼が振られたという話です」

「成るほどね、それは自業自得だ」

アルベールはいまだに未婚で婚約者すらいない。本人に結婚をする気がないのか将又《はたまた》出来ないのかは知らないが、もうそろそろ落ち着いても良いのではないかと予々《かねがね》思っている。だが当の本人は二十八歳になってもいまだに女遊びに勤しんでいるようだ。

アルベールは曲がりなりにも侯爵家の三男であるが、本人は努力するだけ無駄だと昔からよく言っていた。その言葉通り学院に通っていた頃も何をしても適当だった。たとえ侯爵家の生まれだとしても三男ともなると確かに立場は微妙だろう。詳しい事柄は知らないが、幼い頃から親からも見放されていると聞いている。それを思うと投げやりになるのも納得はいく。昔、騎士団に入団した理由は「女にモテるからな」と話していたが、本当はそれらに関係しているのではないかとクラウスは思っている。

「ふふ、折角の男前が台無しね」

「だろう？　俺はただ自分に正直に生きているだけなのに酷いよなー」

全く反省をしていないアルベールに呆れる。ラウレンツを見れば大きなため息を吐き、詰め寄っていた。昔から面倒見の良い彼は、放って置けないのだろう。

「貴方もそろそろ身を固めるべきだと思いますよ。妻を迎えればきっと少しはそのダラシない性格も変わる筈です」

「まあ確かに一理あるかもね。もしかしたらマシになる可能性も無きにしも非《あら》ずといったところかな。アルベール、君見合い話の一つや二つくらいくるんだろう？」

暇潰しにラウレンツの話に乗っかってみるが、アルベールは何処吹く風だ。これは何を言ったところで無理だと悟る。

「俺の事ばっか言ってるけど、そういうクラウスこそいい加減どうにかしろよ」

「何が？」

「今夜だってそうだ。妻がいる癖にパートナーはカトリーヌに頼んでるじゃんか。結婚してから八年、一度も妻に会いに行ってない癖に。俺からしたら、そっちの方が大問題だと思うぞ」

「っ……」

嫌味たらしく図星を突かれ言葉に詰まってしまった。

「一生飼い殺しにでもするつもりかよ。そんなに気に入らないなら、いっその事離縁して新しい妻でも娶《めと》れば良いじゃん」

「アルベール……貴方はまたそんな軽率な発言を」

別に気に入る入らないの話ではない。だが正直離縁を考えていないと言えば嘘になる。国王への手前、直ぐに離縁などすればヴァノ侯爵家の威信に関わる。だがあれから八年……今は彼女も十六歳を迎え立派な女性になった。婚姻を決めてきた父もいない。もう十分役目は果たした筈だ。それにクラウスと彼女が白い結婚という事は周知の事実であり、ふざけた話だが以前から既婚であるにもかかわらず彼女のもとには毎年多くの見合い話がきている。クラウスとの離縁が決まれば瞬く間に嫁ぎ先は決まる事だろう。

「離縁か……まあ、それもそうだね」

きっとそうする事が最良なのかもしれない。自分にとっても、彼女にとっても。

「ねぇ、クラウス。もしそうなったら、私……」

カトリーヌが何かを言い掛けたその時だった。遠く離れた場所から甲高い声が広間中に響いた。

「エリアス様！　私、エリアス様とは婚約破棄致します!!」

声の主である女性の周りからその視線の先まで人込みが一気に散っていく。そしてその先にいたのは他ならぬたった今婚約破棄を宣言された張本人だった。

「あれって、王太子の婚約者だよな」

「随分と派手な婚約破棄ですね……」

賑やかだった広間は一変して談笑する声も、演奏も止まり水を打ったように静まり返った。

広間中の視線が一点に集中している。

「毎回毎回毎回、ルーフィナ様、ルーフィナ様、ルーフィナ様って、エリアス様の婚約者はこの私ですのよ!?」

「おい、クラウス、ルーフィナってもしかして……」

「まあ、一人しかいないだろうね」

この世に同じ名前の女性など探せば幾らでもいるだろうが、この国の王太子であるエリアスに関係のあるルーフィナなど十中八九彼女しかいない。何故ならエリアスと彼女は従兄妹同士の関係で随分と仲が良いと聞いている。

「リリアナ、本当に君は分からず屋だね。ルーフィナは可哀想な子なんだ、だから気に掛けてあげるのは当然の事なんだよ。どうしてそれが分からないんだい」

（可哀想な子か……）

クラウスは思わず鼻を鳴らす。エリアスとは同級生だったが、当時から彼とは馬が合わなかった。特に彼のあいったところが嫌いだ。


エリアスとリリアナの言い合いが続く中、彼女の怒りは収まらず手にしていた扇子を床に投げ付けた。そしてルーフィナを睨み付けてくる。今にも噛み付かれそうだ……。そのままリリアナがこちらに足を一歩踏み出すが、テオフィルが前へ出て壁になってくれた。

「王太子殿下、申し訳ございませんがルーフィナの体調が優れないので、私共は今宵はこれで失礼致します。……さぁルーフィナ、行こう」

エリアスは何か言いたげだがテオフィルは構う事なくルーフィナの手を引く。その時だった、ふと背後に出来ていた人込みが引いたのが分かった。不審に思い振り返ると、見知らぬ青年と目が合いルーフィナは思わず足を止めた。

翠色の瞳、金色の絹のような美しい髪、端麗な顔立ちとすらりとした身体、青を基調とした装いは色白の肌を更に際立たせ美しく見せている——。それはまるで御伽噺《おとぎばなし》に出てくる王子様みたいだと漠然と思った。

(何処かで、会ったような……)

「ルーフィナ」

「ぁ……」

立ち尽くすルーフィナの手をテオフィルが少し強く引いて促すので踵を返し広間を後にした。後ろからベアトリスとリュカも付いて来た。

行きは別々だったが、帰りは問答無用でモンタニエ家の馬車に乗せられた。無論ベアトリス達も一緒に乗り込む。向かい側に無言で座るテオフィルを見て、先ほども思ったが今日は随分と感情的だと少し驚く。彼の新たな一面を発見した気がした。

「ルーフィナ様、大丈夫ですか？　あのリリアナ様って方、幾ら何でも扇子を投げ付けるなんてあり得ません！　一歩間違えたらルーフィナ様に当たっていたかもしれないのに」

拳を握り締め憤慨するベアトリスにルーフィナは苦笑してしまう。

「不本意だけど、今回ばかりはベアトリスに同感だね。それにルーフィナはエリアス殿下とは従兄妹の間柄なんだし、仲が良いからって婚約破棄とかやり過ぎ。そもそもあんな場所でする話じゃないし」

「世の中には嫉妬深い女性もいるからね。でも、僕は王太子殿下にも非があると思うよ。どんな言い分があるにしても、婚約者を蔑ろにするのはやはり良くないよ」

呆れるリュカと冷静に分析するテオフィル、いまだ納得いかない様子でベアトリスは頬を膨らませていた。理由はどうあれ自分の為に、怒ったり呆れたり考えたりしてくれる三人に、不謹慎だが嬉しく思ってしまった。それにしても——。

(可哀想な子か……。私、そんな風に思われていたんだ……)

『叔母上達がいなくても寂しくないように私がいてあげるよ』

ふと両親の葬儀の日を思い出す。大人達が悲しむ振りをしている中、エリアスはそう言ってルーフィナの手を握ってくれたのを断片的に覚えている。

その言葉通り彼はルーフィナが嫁いでから今まで頻繁に屋敷を訪れルーフィナに会いに来た。優しくて何時も気に掛けてくれて、そんなエリアスを本当の兄のように慕ってきた。だが彼は、両親を亡くし一人になり、歳の離れた夫からは放置されているルーフィナを哀れみ、施しを与えていたに過ぎなかったのかもしれない。今思えば、両親が生きていた頃は余り仲良くしていた記憶はない。そう考えるとやはりそういう事なのだろう。

「お帰りなさいませ」

屋敷に着くとエマやマリー、使用人の皆が笑顔で出迎えてくれた。予定よりもかなり早く帰って来たにもかかわらず誰も何も聞いてくる事はない。気を遣ってくれているのだろう。そんな優しさがとても心地が良い。

「ただいま戻りました」

ワフ！　ワフッ!!

ルーフィナがそのまま自室へと行こうとすると、ドスドスと足音を立てながら真っ黒く大きなモフモフの毛玉が走って来た。

「ふふ、ショコラもただいま。良い子にしてた？」

ワフッ!!

勢い良く飛び付かれ顔を舐め回される。

ショコラはルーフィナがこの屋敷に来て一ヶ月ほど経った頃に庭に迷い込んで来た。その時はまだ仔犬で小さかったのでルーフィナもよく抱っこしていたが、今や遂にポニーに匹敵するまでに成長をした。その為小柄なルーフィナは今では抱っこされる側になっている。

「ではお休みなさいませ」

「お休みなさい」

湯浴みを済ませ、就寝の準備をしてベッドに入った。だが今夜は中々寝付く事が出来ない。

ワフ……ワフ……。

ベッドの横の大きなクッションの上で既に寝息を立てているショコラを見てクスリと笑うと、起こさないようにと静かに起き上がった。

窓辺の椅子に座って少しだけカーテンを開けると月明かりが射し込んでくる。

今日は長い一日だった。

折角の晴れ舞台だったが、台無しにした挙句テオフィル達に迷惑まで掛けてしまった。別れ際に三人には謝罪したが「ルーフィナ様は悪くないです！　寧ろ被害者なんですから」そうベアトリスに言われ、他の二人も頷いてくれた。本当に良い友人達に恵まれたと感謝している。

「そういえば……誰だったんだろう」

広間を出る直前に目が合った青年……会った事がない筈なのに何処かで見た事がある気がした、不思議だ……。

「う〜ん……あ、それよりも」

まあそんな事はどうでも良い、考えても仕方がないと直ぐに思考は切り替わる。

そんな事よりも迷惑を掛けてしまった三人には何かお詫びをしたい。何時もお世話になっているし、感謝の気持ちも込めてお茶会を開くのはどうだろうか？　我ながら名案だと、眠っているショコラを起こさないようにそっと笑った。

その夜ルーフィナは、眠くなるまでお茶会にどんなお茶やお菓子を出そうかと思案した。

紫を帯びた銀色の艶やかな髪と青く澄んだ大きな瞳、陶器のような白い肌に細くしなやかな肢体、華奢な身体に似つかわしくないほどの胸元の膨らみ――惹きつけられ目が逸らせなかった。顔に熱が集まるのを感じ思わず手で覆う。

男に手を引かれる彼女へ、何を思ったかクラウスは足を踏み出していた。

「クラウス？」

カトリーヌの声にふと我に返る。

（僕は何を……追いかけようとしていたのか？　追いかけてどうする？　今宵パートナーを断った事を非難でもするか？　馬鹿馬鹿しい……）

「おい、大丈夫か？」

「別に、何もないよ」

もしかしたら顔が赤くなっているかもしれないと思い、アルベール達から顔を背けた。あからさま過ぎて不審がられているが、仕方がない。

「それにしても……奥方可愛かったな！　いや〜羨ましい。あんなに可愛いのに放って置くなんて勿体ない事するよな。俺なら毎晩でも可愛がるのにさ」

流石アルベールだ。三歩歩けば忘れる。いきなり何を言い出すかと思えば、無神経にもほどがある。だが正直余計な詮索をされずに済んだので救われた。ただアルベールの下品な物言いに眉根を寄せる。

「手を引いていた彼も中々素敵だったわよ。見た目からして歳も近いようだし、お似合いのカップルじゃない？」

酒が回っている様子のカトリーヌはアルベールの下らない話に乗っかり軽口を叩く。そんな二人のやり取りに呆れつつ何故だか無性に苛ついた。

「それより急用を思い出したから、僕は先に失礼するよ。カトリーヌ、すまない」

「え、クラウス、それなら私も一緒に……」

何か言われたが一秒でも早くこの場から立ち去りたかったので、聞こえない振りをする。

人込みを縫うようにして扉へと向かう途中、エリアスとリリアナがいまだに言い争いをしているのを尻目に通り過ぎ鼻を鳴らした。

城門の内側に待たせてある馬車に乗ろうとしたが、前方に人影が見え咄嗟に柱の陰に隠れた。

「ルーフィナ」

すると青年が彼女の名前を呼び、手を差し出すと馬車へと一緒に乗り込む姿が見えた。

（まだいたのか……）

馬車が出たのを確認したクラウスは、ヴァノ家の馬車に一人乗り込みそのまま帰路に就いた。

「お帰りなさいませ」

「仕事が溜まっているから、早めに切り上げてきた」

ロビーで出迎えたジョスに外套を脱ぎ手渡す。何か言いたげな顔をしているので、余計な詮索をされる前に先手を打った。別に嘘ではない。仕事は執務室に山ほどあるのだから……。

「左様ですか。ではお水をご用意致しますか？」

「いや、少し飲み直したいからワインにしてくれ」

ジョスには仕事を言い訳にしたが、結局今夜はやる気がせずに手付かずのままだ。

クラウスは窓辺に座りワイングラスに口を付ける。薄暗い部屋をカーテンの隙間から射し込む月明かりが照らす様子を茫然と眺めた。

アルベールに言ったように彼女とは別れる、それが最良だろう。

彼女とは八年前に一度だけ顔を合わせた事がある。といってもあの時はまともに顔なんて見なかった。

それはある日突然、何の前触れもなく父が勝手に結婚を決め彼女を連れ帰って来た。事情は説明されたがどうしても納得がいかず反発をしたが今更で、彼女を突き返すなど出来る筈もなく受け入れざるを得なかった。別に政略結婚が嫌だとか言うつもりはない。貴族に生まれたからには当然の事だと理解している。だが流石にまだ八歳の少女と結婚させられるとは思いもしなかった。クラウスにそんな趣味はない。

だが野心家の父にはそんな事は関係なく、差し詰め国王に恩を与え王族との繋がりを得たいなどの下らない理由だったに違いない。ただその父も疾《と》うに亡くなっているので真意は分からず仕舞いだ。

今更彼女に興味や関心などある筈がない。この八年、ずっとそうだった。なのに何故だか先ほど見た彼女の姿が脳裏に焼き付き離れないでいる……。

「馬鹿馬鹿しい」

クラウスは残りのワインを煽ると、覚束ない足取りでベッドへと向かい倒れ込むようにして横になった。

# 第二章　八年ぶりの来訪とお迎えと

舞踏会の翌日――。

今日は学院はお休みで、ルーフィナは朝からショコラと屋敷の庭で走り回ったり芝生に寝転んだりして散々遊んだ後、汚れてしまったので着替えようと自室へと戻って来た。因みにショコラは大嫌いな湯浴みの真っ最中だ。あれだけ大きな身体だが昔から水が苦手で何時も湯浴みの時は身体を縮こまらせている。可哀想だが、とてつもなく可愛い！　という事で早く着替えを済ませ見に行かなくてはと焦る。

「失礼致します。ルーフィナ様宛に花束が届いております」

慌てながらマリーに着替えを手伝って貰っていると、別の侍女が部屋に入って来た。手には薔薇の花束を持っている。

「ありがとう、何時も通り花瓶に生けておいて」

「かしこまりました」

黒い薔薇の花束――。

この屋敷に来てから毎月欠かす事なく届けられている。

黒い薔薇なんて珍しくまた少し不気味に感じるかもしれない。薔薇の花束を贈るならば赤や黄色などの明るい色が一般的だ。故に使用人達も初めて届けられた時は困惑していた。しかもメッセージカードなどは添えられておらず差出人は不明だった。ますます怪しさは増すばかりだ。

『それ、お母さまのご友人なの』

だがルーフィナのその一言で場の空気は一変した。両親と暮らしていた屋敷にはお祝い事などの特別な時には沢山の花束や贈り物が届けられていたが、それ等とは別に毎月のように黒い薔薇の花束が届けられていた事をルーフィナは覚えていた。メッセージカードのない黒い薔薇の花束を不思議に思い母に尋ねると『友人なの』と穏やかに答え『彼、恥ずかしがり屋さんだから』と言ってクスリと笑った。

それから八年もの間、欠かす事なく毎月花束が届けられている。母は亡くなってしまったが、娘であるルーフィナを気に掛けてくれているのだろう。母の言う通り、恥ずかしがり屋できっと優しい人だと思っている。何時か会う事が出来たならば感謝の気持ちを伝えたい。

話は戻るが、黒の薔薇は何時もロビーに生けている。本来なら自室に飾るべきなのだろうが、色が色なので何となく気が引けた。厚かましいかもしれないが、どうせなら黒ばかりじゃなくて赤とかピンク、黄色など、たまには別の色にして貰えたら嬉しいなと思う今日この頃だった。

（どうしてこんな事に……⁉）

休み明け、ルーティナが学院へと登校すると先日の舞踏会の話で持ちきりだった。その内容は王太子のエリアスと婚約者のリリアナが婚約破棄寸前で、その原因はルーフィナにあるという事だ。そこまでは強ち《あながち》間違いとも言えないので構わなくはないが仕方がない。だが問題はその後だ。ルーフィナがエリアスを寝取ったらしい……。更には昔からルーフィナとエリアスは愛人関係にある、二人は結婚の約束をしている、エリアスは幼女趣味《ロリコン》などなどある事ない事噂になっていた。噂には尾ひれ背びれが付きものというが、流石にここまで酷いと悪意を感じる。

「はぁ……」

なんとか一日を終えたが、今日は本当に最悪な一日だった。教室で座っているだけで好奇の目を向けられヒソヒソ、廊下を歩けばクスクスと笑われ、教師からは腫れ物扱い。

放課後になりルーフィナは帰宅すべく馬車へと向かっているが、凄く気不味い……。

「ルーフィナ、大丈夫？」

周囲から痛いくらいの視線が突き刺さるのを感じていた。

隣を歩くテオフィルが心配をして声を掛けてくれるが、笑顔が引き攣ってしまう。

「舞踏会に行った知り合いから聞いたけど、僕達が帰った後王太子殿下とその婚約者が更にヒートアップして凄かったって。二人共ルーフィナ、ルーフィナと連呼してたらしいから、まあこうなるよねー」

確かに……それはこうなるかもしれない。呑気に話すリュカの言葉に妙に納得をする。そして凄く迷惑な話だ。

「しかも凄いのがここからで、あの状況でテオフィルがルーフィナを連れ出したもんだから、王太子殿下を寝取ったけど飽きて捨ててテオフィルに乗り換えた、とかも言われてるらしいよ。ルーフィナ魔性の女説だって」

心なしかリュカが楽しそうに見えるが、気のせいだろうか……。

それより魔性の女って何⁉　私ファーストキスすらまだなんですけど……。

「テオフィル様まで、巻き込んでしまって本当にすみません……」

やはりあの時、幾らテオフィルから提案してくれたといえパートナーは断るべきだったと反省をする。今現在テオフィルに婚約者や恋仲などはいないが、もしいたら大変な事になっていた。彼にとってはとんだもらい事故だ。

「ルーフィナは悪くないんだから謝る必要などない。寧ろ君と噂になれるなんて光栄だよ」

相変わらず優しくて爽やかだ。本当に良い人で、今日は一段と輝いて見えた。令嬢達から人気があるのが頷ける。

「それに人の噂も七十五日って言うからね、暫くしたら皆飽きて忘れてしまうよ」

馬車の前まで二人に見送って貰い、ルーフィナが乗り込もうとした時だった。遠くの方から人を跳ね除けながら勢い良く駆けて来るベアトリスが見えた。確か今日は図書室に寄るから先に帰って欲しいと言われていた筈だったが……。

「ルーフィナ様！　大変です！　私、お金持ちの旦那様と結婚する方法がないか図書室で本を読み漁っていたんですけど、ルーフィナ様と王太子殿下は愛人関係で、リリアン様に嫉妬して王太子殿下との婚約破棄を迫り階段から突き落として、更にはテオフィル様に乗り換え浮気中でヴァノ侯爵の逆鱗に触れて離縁されると噂されています！」

「……」

情報量が多過ぎる……だがここまできたらもう驚かない。どうでも良くなってくる。それにたった二日の間でいったいどれだけ噂が駆け巡るのか……ルーフィナは社交界の恐ろしさを痛感した。

それにしても、お金持ちの旦那様と結婚する方法は多分図書室にはないと思うのだが……ベアトリスに教えてあげるべきか悩む。

机の上に山積みになっている書類にルーフィナは呆気に取られる。

舞踏会から二ヶ月ほど経ったが人の噂も七十五日とはよく言ったもので、例の噂は収束しつつある。だがその代わりではないが、毎日のようにお見合いの書類が続々と届けられていた。

「失礼致します。あの、ルーフィナ様にお会いしたいと仰っている方がおりまして……」

困り顔の侍女からそう言われ、ルーフィナはまたかと内心ため息を吐いた。何度断ってもやって来る彼の精神力の強さはある意味尊敬にあたいするかもしれない。

あれからエリアスはリリアナと婚約破棄でいまだに揉めているにもかかわらず、その元凶とも言えるルーフィナに平気な顔をして会いに来る。大らかな人だと思っていたが、これではただの空気の読めない人だ。

相手は王太子で従兄でもあるので無下には出来ないが、流石にこれ以上は巻き込まれたくない。折角噂も落ち着いてきたのに、これでは元の木阿弥《もくあみ》だ。

最近は侍女に言って居留守を使っていたが、どうやらエリアスには気付かれているらしくあの手この手でルーフィナに会おうとしてくる。たとえば今みたいに侍女に自分の名前を伏せるように言い付けてみたりと、まるで子供みたいだ。これはそろそろルーフィナから直接ハッキリと伝えた方が良さそうだ。

「……」

「……」

(どなたですか⁉)

意気込んで応接間へと向かったまでは良かったが、中に入るとエリアスではなく知らない人が待っていた。いや、厳密には二ヶ月くらい前に見かけた覚えがあるが知り合いではない。

舞踏会で目撃した王子様のような風貌の青年は、落ち着いた金色の外套をソファーの肘掛けに掛け足を組み座っている。その姿は気品に溢れ、絵に描いたように美しい。何なら従兄のエリアスよりも王子様らしいのでは？　と思ってしまう。ただ気になる点があるとすれば、ソファーに座ったまま一言も話さず鋭い視線をこちらに向けてくる。初対面の筈なのに、ルーフィナに対して怒っているように見えた。

気不味い空気の中、家令であるジルベールが自らお茶を運んで来た。丁寧にお茶を二つ淹れると、ルーフィナと彼の前に置いてくれた。

「あの……」

何時までもこのままでは埒が明かないと、ルーフィナが先に口を開くが――。

「初めまして、ルーフィナ・ヴァノです。お名前をお伺いしても宜しいでしょうか？」

自己紹介をしただけなのに、彼は目を見張り固まってしまった。何かこの瞬間に粗相でもあったのだろうかと心配になるが特別思い当たる事はない。

「坊ちゃま、ルーフィナ様がお困りになられていますよ」

壁際に控えていたジルベールが優しく諭すように声を掛けると彼は勢い良くジルベールを振り返り睨んだ。

(坊ちゃまって……ちょっと可愛いかも、というよりジルベールと知り合い？)

明らかにルーフィナより歳上の彼はとても美麗だが、急に可愛く見えてくる。思わず笑いそうになるのを必死で堪えた。

するとと彼は誤魔化すように少し大きな咳払いをした。恥ずかしかったのだと思われる。

「僕はクラウス・ヴァノだ」

「……」

(クラウス、ヴァノって……なんだ、私の旦那様ですか……)

「え……え!?」

今度はルーフィナが驚く番だった。

折角なのでお茶でも飲もうかと持ち上げたカップを危うく落としそうになってしまうが、俊敏な動きでジルベールがカップを受け止めてくれた。

「あ、ありがとう……」

「いえ、ルーフィナ様に大事がないようで安心致しました」

こんな状況だが優雅にお茶を飲み全く動じないクラウスを見て、ルーフィナは流石だと感心をする。まだ若いが、やはり侯爵ともなると風格が違う。

ルーフィナは居住いを正し、改めて彼に向き合った。

「失礼致しました。あの、それで……侯爵様が私に何のご用でしょうか？」

「侯爵様ね、まあいい。あのさ、僕は君の何？」

「何とは……何ですか？」

質問を質問で返され更に質問で返してしまった為か、クラウスからの視線は一層厳しくなる。

「僕と君の関係性を聞いているんだよ」

尋問を受けている気分になってくるが、そもそも八年ぶりにいきなり押し掛けて来ていったい何の確認ですかと困惑をする。

「一応、夫婦？　です」

形式上は夫婦だが、何しろ十六年生きてきた中でこれまで彼と会ったのは一回きりでそれもほんの数時間顔を合わせただけだ。しかもつい先ほどまで顔を見ても夫だと分からなかった、その程度の認識しかない。これではただの他人と言っても過言ではないだろう。

「何故疑問符が付くのかな」

「それは……えっと、何となくです」

「……」

まさか他人同然だからとは言えない。流石に怒られそうだと言葉を濁した。

「あぁ、そう。まあそれは兎も角、自覚しているのなら余り事を荒立てないように」

「え……」

「勿論分かっているだろう？　ここ最近、随分と君の下賤《げせん》な噂話が広まっているらしいね」

「それは……」

「反論は不要だよ。僕は噂の真相に興味があるわけじゃない。君が何処の誰と懇意にしようと正直どうでも良い。だが、たとえ名ばかりだとしても曲がりなりにも君は僕の妻なんだ。君の軽率な言動一つでヴァノ家の家名に傷が付く事になる。君はもう十六となり、これからは正式に社交の場にも出る事になる。理解出来たなら、肝に銘じてこれからは気を付けるように」

（下賤な噂……）

辛辣に言い捨てられるが、彼が言っている事は間違ってはいないし同意は出来る。事実無根ではあるが、これまでエリアスを言われるがままに屋敷に上げていたルーフィナにも非はあるので何も言えない。

「申し訳ありませんでした……」

「話は仕舞いだよ。それじゃあ、僕はこれで失礼するから」

彼は席を立ち冷めた目でルーフィナを一瞥すると、帰って行った。

八年ぶりの夫の来訪だったが、どっと疲れた気がした。


自邸に戻ったクラウスは仕事机に突っ伏す。

「あれの何処が警戒心がないっていうんだ……」

彼女は終始不審そうな表情を浮かべ、見るからに警戒心丸出しだった。

それに八年ぶりに対面し、初めてまともに言葉を交わした彼女は想像よりもずっと淡白だった。決して何かを期待していたわけではないが、流石に認識すらされていないと知った時は愕然としてしまった。どうやら舞踏会で目が合った事などすっかり忘れられているようだ……。

「……別に気になどしていない」

そもそもアルベールが悪い。別に会いに行くつもりなどなかったのに、彼が下らない話をするからだ。

舞踏会の直後からルーフィナの噂が社交界を駆け巡った。ある事ない事吹聴するのは社交界ではよくある事であり一々気になどしていたらキリがない。そんな事は重々承知している。

『お前の奥方が王太子を婚約者から寝取ったらしいぞ！　そのせいで、今王太子と婚約者は本気で破局寸前らしくてさ』

鼻息荒くしながら下らない噂を語るアルベールは、余ほど楽しいらしくずっとニタニタと下品な笑みを浮かべていた。

話によれば舞踏会の日、クラウスが帰った後も暫くエリアスとリリアナは人目も憚《はばか》らず言い争いもとい痴話喧嘩を続けていたそうだ。二人共にルーフィナ、ルーフィナと喚き散らし手が付けられず最終的には国王に叱責されたらしい。実に阿呆らしい話だ。

結局いまだに話し合いは難航しており、それが更に噂に拍車を掛けているようだ。

『ふ〜ん』

『しかも既に王太子には飽きて、今は騎士団長の次男に乗り換えたんだってよ』

『あぁ、そう』

『おい、クラウス。お前人の話、聞いてるのか』

『……聞いてるよ』

頗《すこぶ》る面倒臭い。こっちは仕事中だというのに、いきなりやって来たかと思えば我が物顔でソファーに座り、出されたお茶や茶請けを飲み食いしながら、知りたくもない面白味の欠片もない噂話を延々と話し続ける。それに無神経にもほどがあるだろう。曲がりなりにも自分は彼女の夫だ。噂話とはいえ何故妻の不貞話を聞かなくてはならないのか。気分が良い筈がない。

『魔性の女』

『……は？』

『そう呼ばれているらしいぞ。ここだけの話、他にも何人もの男と関係があって夜の方はかなり巧みらしくてな……一度寝たら最後、他の女じゃ満足出来ない身体にされてしまうらしいぞ』

恐ろしいよな……と言いながら、羨ましい……と呟くアルベールに苛っとする。

何が魔性の女だ、聞いて呆れる。夜の方は巧み？　その道の専門《プロ》じゃあるまいに、あり得ないだろう。脚色するにもほどがある。彼女はまだ十六歳を迎えたばかりだ、幾ら何でも流石に生娘だろう…………多分。

大体、王太子やらその婚約者、騎士団長の息子から始まり寝取ったやら魔性の女などの怪しげな言葉も並ぶ中、そこに夫であるクラウスの名は一ミリも出てこない。普通に考えておかしいだろう。アルベールが言うように自業自得なのだろうが、腹が立つ。

『だけどさ噂の真相は兎も角として、馬鹿な男共が鵜呑みにでもしたら厄介だよな。ちょっかいを出すだけならまだマシだが、きっとそれだけじゃ済まないだろうなぁ。彼女には盾があるのに機能していないから余計にタチが悪いし。周りも容易に庇えやしない』

言わずもがな、盾とは夫であるクラウスの事だろう、全く嫌味たらしい言い方をする。

『そもそも警戒心ないんじゃないのか、お前の奥方。今回の件、王太子が元凶にしても仲良しこよしだった事に違いはないんだろう？　まあこれだってお前がたまに顔を出すくらいの事をしていたら違ってたかもな』

『……分かっているよ』

『いいや、まるで分かってないね。ついでにお前も警戒心が足らない。お前は自分が淡白だからって他の奴等も同じだと思うなよ。男なんてな、隙あらば良い女を抱きたいと狙ってる獣《けだもの》ばっかりなんだ。あっという間に喰われるぞ。まあお前はもう離縁するらしいから、彼女が何処その男共に弄《もてあそ》ばれようと関係ないだろうがな』

何をふざけた事を言っているんだ。アルベールの言うように自分が彼女の盾として機能していなくとも、彼女はこの国の王の姪だぞ。しかも国王は亡き実妹を溺愛していた。それ故その娘であるルーフィナの事も可愛がっている。だが周囲がそれ等の情報を何処まで認識しているかは分からない。ただ貴族ならば彼女の肩書を知らない者はいない筈だ。幾ら青二才で馬鹿な人間でも手を出そうなどと思う筈がない。あり得ないだろう……あり得ない。そう思いつつも気付けば彼女の暮らす別邸へと向かっていた。

気乗りはしなかったが、取り敢えず釘は刺してきた。きっと彼女も気を付ける筈だ。後どうするかは本人の責任だ。これ以上こちらから何かをするつもりはない。そうだ、離縁を考えている自分には関係もなければ興味もないのだ。もし仮に噂話を鵜呑みにした馬鹿な男達に勘違いされて手籠《てご》めにされようとも……。

「はぁ……」

興味や関心などない筈なのに、気付けばそんな余計な事ばかりを考えていた。クラウスは邪念を振り払い、気持ちを切り替えるとペンを取り机に向かった。

「はぁ……何処かに白馬に乗った超お金持ちな旦那様はいらっしゃらないかしら……」

昼休み、何時もと変わらず学院の中庭で四人で昼食を摂っていると、ベアトリスは深いため息を吐いた。

「そこは王子様じゃないの、普通」

「分かっていませんね、リュカ様は。言葉の綾ですよ。それに私的には白馬ではなく黄金の馬車に乗った超超お金持ちな旦那様でも全く問題ありません。寧ろそっちの方が嬉しいくらいです！　私は絶対に諦めません！」

社交界デビューを果たしてから二ヶ月余り。ベアトリスは意欲的に夜会などに参加しまくっているらしく毎日のように報告をしてくる。因みに毎回リュカもそれに付き合わされていると隣で文句を言っている。

「はは、ベアトリスは頑張り屋さんだね」

二人の様子を見て爽やかに笑うテオフィルに、そこは褒めるべきところなのかと苦笑した。

「あのさベアトリスはお金持ちなら誰だっていいわけ？　他に拘りはないの？」

「ありません。うちは政略結婚など出来るようなお家柄ではありませんし、私は両親のように愛があればどんな苦難も乗り越えられる精神は持ち合わせていませんので！　やっぱり世の中、愛よりお金です！」

「へぇ……」

キッパリと言いきるベアトリスからは強い信念を感じる……。この発言には流石のリュカも引いていた。

「でもさ、女性なら一度は素敵な恋をしてみたいとかあるんじゃないの？」

「別に、ありません……」

否定をしながらも顔を赤くして背けるベアトリスに、図星だという事がよく分かる。

「へぇ、あるんだ」

「だから、ないと言ってるじゃありませんか！」

意外だった。あのベアトリスでも恋がしたいなど思っているらしい。

リュカに揶揄《からか》われているベアトリスを見て、何だかんだ女の子なんだなと笑ってしまった。

「ルーフィナはそういった気持ちはないの？」

「私、ですか」

テオフィルからの質問に目を丸くする。まさか自分に話を振られるなど思っておらず返答に困ってしまう。そんな事考えた事もなかった……。

「いえ私は結婚していますから、恋なんて……」

「別にいいんじゃないかい」

「え……」

まさかテオフィルの口からそんな言葉が出るとは思いもしなかった。ルーフィナは驚いた顔で彼を見ると目が合った。

「なんなら僕と恋、してみる？」

真っ直ぐにこちらを見つめながら微笑むテオフィルに、ルーフィナは戸惑う。多分揶揄っているのだろうが、その目は真剣そのものだ。

「……なんて冗談だよ。幾ら政略結婚でも浮気は良くないからね」

「もうテオフィル様、揶揄わないで下さい」

「はは、すまない、つい調子に乗ってしまった。……あぁ、予鈴が鳴ったね。そろそろ戻ろうか」

まだ騒いでいるベアトリスとリュカに声を掛け、ルーフィナ達は教室へと戻った。

その日の放課後、校舎から出た瞬間周囲がやたらと騒がしかった。

「格好良い〜」

「素敵ですわぁ」

黄色い悲鳴が飛び交い、門の前には女子生徒達の人集りが出来ている。男子生徒達はそれを遠巻きに眺めては何やらヒソヒソと話していた。

（この騒ぎはいったい……）

「凄い人集りだね」

「まさか、本当に黄金の馬車に乗った超超お金持ちな方がいらっしゃるとか⁉」

異様な雰囲気にテオフィルは眉を上げ、ベアトリスは目を輝かせ期待に胸を膨らませている。

そんな中、リュカは一人様子を見に行って戻って来た。何というか仕事が早い。普段は何をしても面倒臭がり腰が重いのに……。

「遠からずって感じだったよ」

「それって超超お金持ちではなく超お金持ちの旦那様って事ですか!?」

「う〜ん、確かにお金持ちの旦那様であるとは思うけど……でも残念、既婚者だよ」

そう言ってリュカは、何故かルーフィナを見ると意味ありげに笑った。

するとその時、人込みの中からこちらへと向かって来る人影が見えた。

「え……」

蜂蜜色の髪と金色の外套をなびかせ颯爽と歩いて来た青年は、ルーフィナの前で立ち止まると微笑んだ。

何故こんな所に……ルーフィナは一瞬自分の目を疑った。

「やあ、ルーフィナ」

「あの、どうして侯爵様がこちらに……」

「近くに来たからついでに迎えに来ただけだよ」

「それは……ありがとうございます？」

困惑しながらも一応お礼を言うが、また疑問形になってしまった。一瞬彼の顔が引き攣った気がしたが見なかった事にする。

それに迎えに来たと言われても、帰るお屋敷《うち》は別々ですが……何ならかなり距離がありますが。

以前ジルベールからクラウスが住んでいるヴァノ家の本邸は別邸からはかなり離れていると聞いた事がある。そもそも学院の周辺には何もない。ルーフィナには、彼がちょっと何を言っているのか分からない。

「あぁ、そちらはルーフィナの友人かな？　初めまして、夫のクラウス・ヴァノだ」

「……テオフィル・モンタニエです。ルーフィナ嬢には何時もお世話になっております」

和やかに手を差し出し笑みを浮かべながら握手を交わすが、互いに目が笑っていないように見える。

「モンタニエ……あぁ、君がモンタニエ公爵の次男の……。君の御父上とは何度か夜会でご一緒した事がある。またぜひ武勇伝でも聞かせて頂きたいと、宜しく伝えておいてくれるかな」

「はい、必ずお伝えします」

その後、リュカやベアトリスとも挨拶を交わしているクラウスを呆然と見ていた。先日ルーフィナに会いに来た時とは随分と印象が違う。まるで別人のようだ……。何というか……外面が良い。

「じゃあルーフィナ、帰ろうか」

ルーフィナは差し出されたクラウスの手を取ると馬車へと乗り込んだ。

先ほどまであんなに和やかだったのに、馬車の扉が閉まった瞬間クラウスは無愛想になった。

向かい側で足や腕を組み無言のまま座っている。

「あの、侯爵様……」

「何？」

緊張しつつ声を掛けてみたが、やはり先ほどと反応が違い過ぎる。何なら声のトーンまで低くなった気がする。

「何か、私にご用事でもございましたか？」

先日屋敷に来た事だけでも衝撃的なのに、まさか学院にわざわざ迎えに来るなんて余ほどの理由があるとしか思えない。

「……別にないよ。今日は本当に近くに来たから、ついでに立ち寄っただけだから」

「ついで……」

しつこいようだが学院の周りには何もない。あるのは森林くらいだ。もしかして、彼は自然をこよなく愛していて森林浴にでも来たというのか……。

「夫が妻を迎えに来た、ただそれだけの事だけど。何か問題でもあるのかな」

「いえ問題なんて……ありません」

「なら良い」

学院からルーフィナの屋敷まで大した距離はない。少しの辛抱だ。そう思っていたのに。

「もしかして、寄って行かれるんですか？」

「何、もしかして迷惑だった？」

屋敷に到着しようやく解放されると胸を撫で下ろしたのも束の間、クラウスも当たり前のように馬車から降りて来た。何故……。

「いえ、迷惑なんてそんな事は……ないです？」

流石に迷惑ですなんて言えず否定をするものの、思わず疑問符を付けてしまい本音が出掛ける。無論クラウスから睨まれた。

「ルーフィナ様、お帰りなさい、ませ……」

何時も通り笑顔で出迎えてくれたマリーだが、ルーフィナの後ろにクラウスがいる事に気付き目を見張る。

「いらっしゃいませ、旦那様……」

慌ててぎこちなく挨拶をして頭を下げるマリーに苦笑してしまう。

そうこうしているとドスドスと足音が近付いて来た。帰りを待ちわび至極嬉しそうな顔をしたショコラはルーフィナ目掛けて走って来るとそのまま飛び付いた。

ワフ！　ワフッ!!

「ふふ、ただいま、ショコラ」

暫し出迎えてくれたショコラと戯れていると、視線を感じハッとする。一瞬、存在を忘れていた……。

恐る恐るクラウスを見れば、こちらに手を伸ばした状態のまま立ち尽くしていた。何故……。

「侯爵様、この子はショコラで私が飼っている犬でして」

「犬……」

屋敷に入り侍女に出迎えられた後、何やらドスドスと聞き慣れない音が聞こえてきた。不審に思い音の方へと視線を向けると、大きな黒い毛玉がこちらへと向かって来るのが見えた。クラウスは驚愕し咄嗟に身構えると反射的にルーフィナへと手を伸ばすが、彼女が満面の笑みを浮かべ手を広げていたのでそのまま固まってしまった。

暫し呆然としていたクラウスは、ルーフィナの声に我に返った。伸ばしていた手を慌てて引っ込めると咳払いをする。そして彼女が抱っこして、いや抱っこされている生き物に目を凝らした。

（これは本当に犬、なのか……？）

真っ黒くふさふさな毛並みに垂れ下がった耳、つぶらな瞳で形状は確かに犬そのものだ。だが、それにしては大き過ぎる。確かにルーフィナは小柄で華奢だが、犬が人間を抱っこするなどあり得ない。クラウスの知っている大型犬とはわけが違う。

ワフ！

黒い毛玉は、大きく逞しい尻尾を力強く振りながらクラウスに近付いて来た。息を呑み思わず一歩後退る。

「少し大きめですが、人懐こくて良い子なんです」

少し……？　いやこれの何処が少しなんだ！　そう思いながらもクラウスは平静を装う。ルーフィナがいる手前、取り乱すなど見っともない真似は出来ない。

ワフッ！　ワフッ!!

そうしている間にも犬は目と鼻の先まで迫っていた。暫し互いに見つめ合う。

犬は好きでも嫌いでもない。得意でも苦手でもない。知人の屋敷で触れた事はあるが、飼った経験はなく扱い方はいまいち分からない。だが、所詮は犬だ。

クラウスはショコラを撫でようと頭へと手を伸ばしたが――。

「痛っ!!」

「侯爵様!?」

手を噛まれた。


帰りの馬車に揺られながら、手の包帯を見て先ほどの事を思い出す。

(僕とした事が、まさか噛まれるとはね……)

あの後大騒ぎになった。ただ噛まれはしたが出血などはない。まあ歯形はくっきりとついているが。どうやら本気で噛んだわけでないらしいが、地味に痛かった……。心配した彼女が念の為と言って自ら包帯を巻いてくれた。

「捩れている……」

どうやら不器用らしい……まあいい。

噛まれたクラウスを見たルーフィナは、慌てふためきながら平謝りをして必死に黒い毛玉にも謝罪をさせようとしていたが、流石にそれは無理だろうと脱力した。

因みに黒い毛玉は、彼女曰くこれまで人を噛んだ事は疎か威嚇すらした事がないくらい温厚な性格らしいが……。

「余ほど嫌われたみたいだね」

クラウスは鼻を鳴らす。

今日、外出する用事があったのは本当だ。ただ予定より早く用が済み、何時もならそのまま屋敷に戻る所だがふと彼女の事が頭に浮かんだ。時間的にそろそろ終業時刻だろうか……。

別に他意はない。たまたま外出先で時間に余裕が出来ただけで、要は物のついでだ。クラウスはそう理由付けて馭者《ぎょしゃ》に声を掛けると、学院へと向かわせた。

『ヴァノ侯爵様ですよね!?』

彼女を待っている間、瞬く間に女子生徒達に取り囲まれた。別段珍しい事ではない、よくある事だ。女子生徒達からああだこうだと下らない質問や話をされうんざりしているとようやく彼女がやって来た。紫を帯びた銀色の艶やかな髪が風になびくのが視界に入り、遠目でも直ぐに彼女だと分かった。

迎えに来た事を告げると戸惑っていたが、それよりも隣にいた男が気になった。友人だというが、彼女と随分と親しげに見える。確か、舞踏会の時に彼女と一緒にいた男だ。

(成るほど、彼が先約だったわけか……)

『……テオフィル・モンタニエです。ルーフィナ嬢には何時もお世話になっております』

和やかに手を差し出し笑みを浮かべながら握手を交わすも、互いに目が笑っていない事に気付いていた。若さ特有の挑戦的な目だ。分かり易い態度に笑えてしまう。

「まあ、僕には関係ないけどね」

馬車は少し揺れてゆっくりと止まった。屋敷に着いたようだ。クラウスはほつれ掛かった包帯を逆手で押さえながら馬車を降りた。


「え……」

また来てる……。ルーフィナが校舎を出るとクラウスが待っていた。今週で三回目だ。

彼がついでにルーフィナを迎えに来た日から半月ほど経つが、こうやって迎えに来るようになってしまった。因みに先週も三回来たので初日を合わせて今日で累計七回目となる。

「あれ、ルーフィナの旦那また来てるね」

呑気にリュカはそう言って欠伸をする。七回目ともなると物珍しさもなくなり、興味がなさそうだ。

「最近よくいらっしゃるんですね！　もしかしてご一緒に住み始めたんですか？」

「いえ、そうではないんですけど……」

期待に満ちた目でベアトリスが見てくるが、正直ルーフィナも何故クラウスがこうも頻繁に迎えに来るのか分からない。先日やんわりと「お忙しい侯爵様の手を煩わせるのは申し訳ありませんので……」と言ってみたが「物のついでだから君が気にする必要はない」と言われてしまった。結局何のついでなのかはいまだに謎だ。

「ルーフィナ、帰るよ」

「はい……。では、ご機嫌よう」

微笑みながらルーフィナに手を差し出す彼に苦笑しつつその手を取ると、ベアトリス達に挨拶をする。だが一人だけ反応がない。

「テオフィル様？」

「え、あぁ、すまない……また、来週にね」

最近テオフィルの様子がおかしい。話し掛けても何時も上の空で元気もない。リュカやベアトリスも心配しており、先日リュカが理由を聞いてみたが「何でもない」の一点張りだった。いったい何があったのだろうか……。


ワフッ！

「……」

ルーフィナはクラウスをチラリと盗み見た。

少し前に屋敷に帰宅し今は応接間にて休息をしている。向かい側のソファーには優雅にお茶を飲むクラウスの姿があり、少し離れた場所では彼をショコラがずっと見張っている……。

以前彼に噛み付いてしまった時にショコラを叱ったので次からは噛み付く事はなくなったが、彼が屋敷に滞在中は常にこうやって監視するようになった。

そんな異様な空気にもかかわらず彼は全く気にする素振りは見せない。やはり侯爵様ともなると余裕があると感心をしていた。だがルーフィナは気付いてしまった……実はクラウスがショコラを視界に入らないようにしている事を。

彼は迎えに来てくれた後は必ず屋敷に寄って帰る。無論ルーフィナに拒否権はないので受け入れる他ない。毎回特別話す事も何をするわけでもなく彼はこうやって優雅にお茶を飲んでは帰るだけで、正直何をしたいのかさっぱりだ。

彼の手元を見れば包帯はもうない。つい先日ようやく外す事が出来た。ショコラに噛まれてから暫くの間は包帯を巻いたままで、来る度にルーフィナがそれを巻き直していた。

『侯爵様、包帯が解《ほど》けてしまっています。巻き直し致しますか？』

『あぁ……』

一度目は失敗してしまったので、今度はそうならないように侍女に声を掛けるとクラウスから「君で構わない」と制止され「ですが……」と渋ると睨まれたので仕方なくルーフィナがやっていた。それにしても包帯ってこんなによく解けてしまうものなんだなと初めて知った。朝晩と巻き直している筈なのに……。

「聞いてるのかい」

「え……はい、すみません、聞いていませんでした……」

ぼうっとしていたら怒られた……。

ルーフィナがうなだれた瞬間、部屋にドスドスと足音が響きショコラが近付いて来た。そして何を思ったかクラウスの座るソファーへと勢い良くダイブした。

「あの……大丈夫ですか？」

「へ、平気だ、問題……ないっ」

明らかに無理をしている。

クラウスはルーフィナより頭一個分背も高く、細身だが男性だからかやはりそれなりに筋肉もついている。だがそれでもショコラに上に乗られたら重いと思う。ショコラがルーフィナに抱き付く時は、潰さないようにしてくれているらしく大して体重は掛けてこない。だが今は明らかに全体重を掛けられている……。

「それで、話の続きだけどっ……僕の、友人が今度お茶会を、開くらしくて、ね……参加するように……」

「え……私がですか？」

「君以外っ、いないだろう……っ」

息を切らしながらショコラからの重圧に耐えているクラウスを見て、いけないいと思いつつ笑いそうになってしまう。

「何？　もしかして問題でも、あるのかな」

「い、いえ、そんな事は……ないです？」

つい本音が出そうになりクラウスから睨まれるが、今日は全然怖くない。何故ならショコラに押し潰されルーフィナより姿勢が低くなり上目遣いになっているからだ。本人に言えば絶対怒るだろうが、少し可愛く思えた。

「くっ……重っ」

「重いですか？」

「くない！　これくらい、何の問題もないよっ。とに、かく、来月のお茶会はっヴァノ侯爵夫人として、出席をして貰うっ」

普段凛として洗練された佇まいの彼の髪も着衣も乱れに乱れ、少し疲れた様子で馬車に乗り込んだ。ルーフィナはそんなクラウスを見送った。

「侯爵様、大丈夫かな……」

ワフッ!!

「ショコラ、余り侯爵様に意地悪しちゃダメよ？」

ワフ……。

「ふふ」

# 第三章　お茶会と愛人と

「お茶会ですか？」

休み明け、先日クラウスからお茶会に誘われた事を話すとベアトリスは目を輝かせる。

「お金持ちの旦那様のご友人という事は、皆様お金持ちなんですよね!?」

「どうなんでしょう……私は何も聞かされていないので」

そもそもクラウスの事もよく知らないのに、その友人なんて想像もつかない。だがあの彼の友人なら多分良家の令息に違いないと思うが。

「ベアトリス、友人だからって必ずしも同じレベルとは限らないと思うけど。だって、ほら」

リュカはニヤニヤしながらベアトリスを見た後にルーフィナやテオフィルを見た。すると何かに気付いた様子でハッとした表情となりベアトリスは頬を膨らませ拗ねてしまう。どうして彼はこうも事あるごとにワザとベアトリスを怒らせるのかと呆れる。

「ねぇ、そのお茶会って僕達も参加出来ないかな」

「え……」

最近は口数が極端に減っていたテオフィルが、珍しく話に入ってくると意外な提案をしてきた。一瞬驚いて目を丸くするが、でも確かにテオフィル達が一緒に来てくれるなら心強い。正直少し不安だった。勿論ルーフィナは、既に社交界デビューを果たしているのだからそんな情けない事を言うべきでない事は分かっている。だが不可解な夫の友人しかいないお茶会に一人で乗り込むのは怖過ぎる……。

「侯爵様に聞いてみます。もし大丈夫なようならテオフィル様達も来て頂けると心強いです」

ベアトリスもリュカも来てくれると言ってくれたので、ルーフィナは早速クラウスに話をしてみる事にしたのだが――。

（却下されました……）

その日の放課後、例の如く迎えに来たクラウスに早速聞いてみたが「今回はごく親しい人間しか招待はされていないんだ。だから絶対に、無理だよ」と和やかに言われてしまった……。

なんでも今回はクラウスの友人であるドーファン公爵令息の妻主催のお茶会であり、伴侶の友人の妻の友人なんてもはや他人だ。お茶会の規模や主催者によっては友人の友人、更にその友人知人などを誘っても問題ない事もあるが今回は本当に小規模な身内の集まりのようなものなのだろう。

ルーフィナは落胆しながらテオフィル達には翌日丁寧に謝罪をして断った。

お茶会当日――。

夜が明けきる前に起床したルーフィナは、寝惚け眼のまま湯浴みを済ませると、化粧を施し髪を整えドレスに着替えてお気に入りの香水を纏い、控えめな装飾品を身に着けた。

「ふう……完璧です！　ルーフィナ様、如何でしょうか？　本日はお茶会ですのでスイーツをイメージ致しました。もうどちらのお国の妖精さんですか!?　というくらい可憐です！」

「あらあら、マリーは随分と気合いが入っているんですね」

「エマ様、当然です！　旦那様に私共のルーフィナ様の魅力を存分に見せ付けて差し上げるんです！」

朝から一人だけ熱量の違うマリーとエマの会話する様子を眺めながら妖精の国ってそんなに沢山あるのだろうか、というか妖精？　そんな下らない事を考えている内に出掛ける時間になっていた。

「……」

「……」

クラウスが迎えに来てくれたのだが、彼はルーフィナを見た瞬間黙り込み固まってしまった。いったいどうしたのかと戸惑っていると、今度は急に我に返った様子で手で顔を覆いこちらに背を向けた。

「あの……もしかして、何処かおかしいですか？」

クラウスを見れば、何時も通り洗練された装いだ。茶色を基調とし胸元や首元には黄色の差し色がされ落ち着いた雰囲気を醸し出しており正に大人の男性だ。

それに比べて自分は子供っぽく思える。クラウスの反応からして、もしかすると侯爵夫人として相応しくないと一蹴されてしまうのかと不安になってきた。

「……別に。でもまあ、歳相応といったところだね」

「そうですか……」

言い回しは当たり障りないが、歳上で尚かつ差の開いている彼から言われると意味合いが変わってくる。要は子供っぽいと言っているのだろう。事実なのかもしれないが、内心ルーフィナは落ち込んだ。

「ほら、突っ立ってないで行くよ」

彼はそう言って先に馬車に乗り込んだので、慌ててルーフィナも後を追った。

ドーファン家の屋敷に到着したクラウスとルーフィナは使用人に案内され中庭へと通された。するとこちらに気付いた焦げ茶髪のガタイの良い男性が近付いて来る。

「遅かったな、クラウス！　って、その後ろにいるのってまさか……」

「妻のルーフィナだよ」

クラウスがそう言った瞬間その場の視線が一気にこちらに集中した。そして何故か一様に驚いた顔をしているのは気のせいだろうか……。

何とも言えない空気にルーフィナは一瞬怯みそうになるのをグッと堪えて一歩前に出た。

「初めまして、クラウス・ヴァノの妻のルーフィナです。どうぞお見知り置き下さい」

ドレスの裾を持ち上げ会釈をする。すると先ほどの男性がルーフィナを覗き込むようにして暫し凝視すると笑った。

「近くで見ると益々可愛いな！　いや～これはやっぱりクラウスには勿体なさ過ぎるだろう」

「アルベール、貴方って人は挨拶一つまともに出来ないんですか？」

豪快に笑うアルベールの後ろから呆れた顔をした眼鏡を掛けた細身の男性が歩いて来ると、ルーフィナの前で立ち止まった。

「初めまして、ヴァノ侯爵夫人。私はクラウスの友人で、この屋敷の主人のラウレンツ・ドーファンです。本日は妻の為に御足労頂きありがとうございます。ぜひ楽しんでいって下さいね。それと不躾な友人が失礼致しました。ああいった輩は無視して下さって結構ですので」

丁寧に頭を下げて挨拶をしてくれたラウレンツは、とても物腰が柔らかく優しそうな人だ。だが最後の一言はアルベールをチラリと見ながら嫌味ったらしく話しており苦笑してしまう。

「妻を紹介致します。こちらが妻のコレットで……」

彼の妻を紹介して貰っていると更に後から女性がこちらへと近付いて来た。

蜂蜜色の波打つ長い髪とヘーゼル色の切れ長の目の美しい女性はルーフィナを見て微笑む。

「初めまして、カトリーヌ・ミシュレです。クラウスの奥様とお会い出来るなんて光栄だわ。私達、クラウスとは昔馴染みなの。後この子は私の息子でレオンよ」

「初めまして、レオン・ミシュレです」

カトリーヌの後ろから現れた少し癖っ毛の蜂蜜色の髪の小さな男の子は、恥ずかしいのか挨拶をすると顔を赤くして彼女の後ろに隠れてしまった。だが気になるのか母親と同じヘーゼル色の大きな瞳を見開き少しだけ顔を覗かせている。

（か、可愛い……）

まるで天使のようだとルーフィナは胸がときめいた。


お茶会当日、クラウスはルーフィナを迎えに別邸へと向かった。一旦馬車を降り、屋敷の中まで入ると既に彼女が支度を整え待っていた。クラウスに気付いたルーフィナは遠慮がちに近付いて来ると挨拶をしてくるが思わず目を見張る。彼女は普段とは違い随分と粧《めか》し込んでおり、舞踏会で見掛けた時ともまた印象が違った。

茶色を基調としたドレスはフリルやレースがふんだんに施され、ボリュームのあるふんわりとしたスカートからはチラリと足が覗いている。少し子供っぽいデザインなのにもかかわらず、何故か胸元は惜しげもなく出されている。何というかアンバランスな感じが――。

そこまで考えたところでクラウスは我に返った。

（僕はいったい何を……あり得ないだろう）

そう思いながらも、一気に熱が顔に集まるのを感じ慌てて手で隠すと彼女に背を向けた。

「あの……もしかして、何処かおかしいですか？」

「……別に。でもまあ、歳相応といったところだね」

「そうですか……」

「ほら、突っ立ってないで行くよ」

誤魔化すように適当に返して、クラウスは早々に馬車に乗り込んだ。

クラウスは向かい側に座っているルーフィナを盗み見ながら、以前黒い毛玉に噛まれた時の事を思い出す。

出血はしていなかったが割と大きなアザになっていたので取り敢えず隠す為に暫くの間は包帯を巻いたままにしていた。そんな時、例の如くアルベールがやって来た。ただその日は珍しくクラウレンツも一緒だった。

『その手、どうしたんだ？』

目敏《めざと》いアルベールが包帯をしている事に気が付くと指摘してくる。だが余計な詮索をされたくないので適当に誤魔化した。まさか妻の飼っている犬に噛まれたなどとは言えない……。もしそんな事を言えば大笑いしながら暫く話のネタにされるに決まっている。

『それで今日はラウレンツまでどうしたの？』

面倒だと思い、さっさと用件を聞いて帰らせる事にした。

『実は妻が珍しいお茶を手に入れたので、お茶会をしたいと言い出しまして。来月初旬にでも開こうと思っているんですが、ぜひ貴方にも参加して頂きたいんですよ』

（珍しいお茶ね……）

『ただ希少なお茶で数はそれほど入手出来なかったので、今回はごく親しい人間だけしか招待は致しません。ですから気兼ねはしないと思いますよ。あぁそれでですね、うちの妻が新調したばかりのドレスも……』

お茶会の打診だったが、話は脱線し彼の妻の惚気話に変わった。ラウレンツは普段は生真面目で気遣いも出来るが、妻の事になると周りが見えなくなる。何処かで制止しなければ延々と終わらないのでクラウスは話題を戻した。

『それで当日は、他に誰が来るの？』

『貴方とアルベール、後はカトリーヌとレオン君です』

「侯爵様」

「……何？」

暫し意識を飛ばしていたが彼女の声にクラウスは我に返った。すると少し困った顔をしてこちらを見ているルーフィナと目が合う。

「到着したみたいです」

何時の間にか馬車は止まっていた。カーテンをズラし窓の外を確認すると、確かにドーファン家の屋敷前だった。

使用人に案内され中庭へと通される。そしてルーフィナを見たラウレンツ達は酷く驚いた様子で、予想はしていたが茶化された。

先ほど、ラウレンツの妻コレットが入手したとされる珍しいお茶とやらが披露された。

三センチほどの緑の玉をカップに入れ上から湯を注ぐと、まるで魔法の如く花が開いた。これは確かに珍しい……。クラウスのみならず、初めて見る光景にアルベール達も感嘆の声を上げる。ふと隣で座っているルーフィナを盗み見ると強張っていた顔は少し和らいでいた。珍しいお茶と聞き、彼女が喜ぶかもしれないと思ったが予想通りだ。まあ彼女が喜ぼうが自分には関係ないが……。

「それにしても驚いたな、お前がまさか奥方を連れて来るなんて」

「本当ですね、いったいどんな風の吹き回しですか？　次からはお連れするなら事前に知らせておいて下さい」

あれからお茶会は滞りなく進み、今は各々寛いでいる。円卓をクラウスにアルベール、ラウレンツにカトリーヌが囲み、少し離れた花壇の前にはルーフィナとコレット、レオンが座り込み談笑しながら花を鑑賞していた。

(……あんな顔もするんだな)

「おいクラウス、聞いてるのかよ」

(……花が好きなのか)

「クラウス？」

(そういえば、さっきもカップの中の花をずっと見ていたな……。花か……やはり女性に贈るなら、薔薇だろうか……いや、僕は別に彼女に贈ろうとか思っているわけじゃ)

「ねぇクラウス」

「なっ⁉　……カトリーヌ、いったい何のつもりだい」

いきなり視界が遮られたかと思えば、代わりに鼻先が触れそうなくらいの距離にカトリーヌの顔があった。クラウスは目を見張り、直ぐに顔を顰める。

「だってアルベールやラウレンツが話し掛けているのに、貴方全く聞いていないんだもの」

「だからってそんなに顔を近付ける必要はないだろう」

「あら、知らない仲じゃないんだからいいじゃない」

クスクスと笑う様子に揶揄っているのだと分かる。更に調子に乗った様子で自分の座っている椅子をクラウスの椅子の真横にズラすと身体を寄せてきた。

「……離れてくれ」

「やだ、クラウスったらほんの冗談なのに怒らないでよ。私達の仲じゃない」

彼女はたまに酔いが回ってくるとこうやってクラウスに絡んでくる事があるが、素面の時は初めてかもしれない。それにこれまで絡んできたとしても適当に遇《あしら》えば彼女は大人しく引いていた。だが今日はやけにしつこい……クラウスは段々と苛立ちが募ってくる。

「カトリーヌ、流石に悪ふざけが過ぎるよ」

（こんなところを彼女に見られたら……いや別に問題があるわけじゃ……だが彼女は一応妻なわけで）

何度離れるように言ってもカトリーヌは頑なに離れようとしない。ラウレンツも一緒に注意をしてくれるが効果はなかった。因みにアルベールは笑うだけで全く役には立たない。

（今日に限っていったい何だというんだ……彼女に誤解されるだろう!?）

ならば仕方がないとクラウスが席を立ち上がった時だった――こちらを見ているルーフィナと目が合った。

「ルーフィナ、これは、違っ……」

一瞬にしてその場が静まり返る。そして、クラウスの情けない声だけが中庭に響いた。

「あらまあ、もうこんな時間ですわぁ。そろそろお開きに致しましょうか、ねぇラウレンツ様？」

気不味い空気が流れる中、気を回したコレットが白々しくそう言った。ラウレンツも彼女に同調し「あーそうですね、それがいいですね」などとこれまた白々しく返す。そして微妙な空気のままお茶会はお開きとなってしまった。

「ルーフィナ様！　今日はありがとうございました」

帰り際、馬車に乗り込む直前レオンが小走りでルーフィナへと近寄って来ると満面の笑みで礼を述べお辞儀をする。彼女はそれに少し照れた様子で応えた。


「それでこれくらいの緑色の球体をカップに入れてお湯を注ぐと、パッと花が咲いたんです。凄く綺麗で感動しました」

「そんなお茶があるんですね！　羨ましいです、私も欲しいです〜」

ルーフィナが昼休みに先日のお茶会での出来事を話しているとベアトリスの目が一際輝いた。珍しい……彼女がお金以外の話にこんなに食い付くなんて。ただ飲みたいではなく欲しいと言った事が気になる。

「へぇ、ベアトリスもお茶に興味あるんだ。何時もお茶なんて飲めれば何でもいいいって言っているのに」

リュカも意外だったのか眉を上げベアトリスを見ている。

「だってそんなに珍しいお茶でしたら、絶対に売ったら大金になるじゃないですか！」

「あー成るほどね」

やっぱりベアトリスはベアトリスだった。ルーフィナもリュカも笑ってしまう。

「それで、お茶会は楽しかったのかい」

「はい、一応は……」

「一応？」

テオフィルからの問いに思わず言葉に詰まってしまった。

クラウスからお茶会に誘われた当初は全然乗り気ではなかったが、行ってみると主催者のコレットはとても優しく、クラウスの友人達も思っていたよりも気さくな人達だった。更にカトリーヌの息子のレオンは本当に可愛くて癒されたし、出されたお茶も初めて見るもので貴重な体験が出来たと思う。ただ、お茶会の終盤……コレット自慢の花壇を見せてくれると言われてルーフィナは席を立ちレオンと一緒に花壇へと向かった。そこで彼女から花の説明をして貰いつつ談笑をしていたのだが、何やらクラウス達が騒がしい事に気が付いた。振り返ってみれば何時の間にかカトリーヌがルーフィナの席に座っており更に椅子をズラしてクラウスの真横にくっ付けていた。仕舞いには彼女はクラウスに甘えるようにして身体を寄せている。これはもしかして……。

「恋人⁉」

話しても良いものか暫し悩むが、何となく誰かに話を聞いて貰いたい気分だったので打ち明けた。事の経緯を説明するとベアトリスが叫んだ。そんなに驚かなくてもとルーフィナは苦笑する。

「ベアトリス、この場合恋人じゃなくて愛人って言うんだよ」

冷静にリュカが突っ込むと微妙な空気が流れた。その様子に、やはり言うべきではなかったかもしれないと少し後悔した。

「すみません、今の話は聞かなかった事に……」

「ルーフィナ」

慌ててその場を取り繕おうとすると、テオフィルに制止された。彼を見ると深刻な面持ちで少し怒っているようにも見える。

「侯爵殿とは話し合ったのかい」

「いえ、特には……」

何となく触れない方が良いと思い、帰りの馬車で時間はそれなりにあったが何も聞かなかった。

「ルーフィナは、嫌ではないのかい？」

嫌じゃないかと聞かれても困る。クラウスは確かにルーフィナの夫ではあるが、ついこの前まで顔すら認識していなかった。法律上夫婦でも最早他人も同然だ。そんな彼に愛人がいると知ったところで正直なんの感情も湧かない。ただそれをそのまま口に出しても良いものかと悩む。以前クラウスからヴァノ家の名誉云々と苦言を呈された事を思い出す。幾らテオフィル達が親しい友人でも夫が不利益になるような発言をする事は如何なものか……。

「すまない、不躾だったね。こんな話、部外者の僕が口を挟むべきではないよね。分かってはいるんだ……」

「テオフィル様……」

ルーフィナが返答に困っていると、それを察したように謝罪をする。

「でも僕はルーフィナに我慢なんてして欲しくないんだ。これまでの事もあるし、今直ぐとは言わないけど離縁を考えても良いんじゃないかな」

(テオフィル様……そこまで私の事心配して下さるなんて)

本当に友人思いで優しい方だ。

テオフィルの歯に衣着せぬ物言いに一瞬その場は静まり返るが、タイミング良く予鈴が鳴り話はここで終わった。

「ヴァノ侯爵殿」

その日の放課後、ルーフィナは例の如く迎えに来たクラウスと共に帰宅しようとするが不意にテオフィルがクラウスを呼び止めた。その瞬間、昼休みの事を思い出したルーフィナは何となく不穏さを感じる。

「……何かな」

振り返った彼は貼り付けたような完璧な笑みを浮かべている。相変わらず外面が良い……。

「こうも毎日ついでに迎えに来るのも大変かと思いますので、もしルーフィナ嬢が心配ならば僕が代わりに屋敷まで送り届けます」

まさかの提案にルーフィナは目を丸くする。隣にいるクラウスの顔が一瞬真顔になるのが分かったが、直ぐ笑顔に戻った。

「ルーフィナは本当に良い友人を持ったね。でも気遣いは不要だよ。初めはついでだったけど、今はやはり妻が心配でね。他人には任せられないよ」

「そう仰りながら、ご一緒には住まれていませんよね。何か特別な理由でもお有りなんですか？」

どんどん雲行きが怪しくなってくる。ある意味二人の世界に入っているみたいだが、ここは一応学院の正門前でさっきから結構な注目を浴びている。

テオフィルはルーフィナを心配してくれている事が分かるが、クラウスまでいったい何が気に食わないのか引く様子はない。まあどうでも良いが恥ずかしいので早く帰りたい……。

「他人の君には全く関係のない話だよ。それにしても友人の家の事情にまで口を出すなんて、モンタニエ公爵の教育は随分と人情に溢れた素晴らしいものなんだね」

「っ――」

テオフィルの顔からは笑みは消え、怒気を孕んだものに変わる。クラウスもまた笑みは崩さないものの鋭い視線をテオフィルに向けており、互いに睨み合い緊張が走る。

「あのお二方、お取り込み中のところ申し訳ないんですけど、ルーフィナが困ってて可哀想なんでそろそろ終わりにしてあげて貰って良いですか？」

呆れ顔のリュカの言葉に、クラウスとテオフィルは我に返った様子で一斉にこちらを見た。そして「すまない……」と二人同時に口にした。息がピッタリの二人を見て、意外と気が合うのでは？　と思う今日この頃だった。

ようやく帰れると馬車に乗り込んだルーフィナは馬車に揺られながら只管《ひたすら》窓の外を眺めていた。暑くもないのに背中に汗が流れるのを感じる。お茶会の帰りの馬車でもそうだったが、これまで以上に気不味い空気の中何故かクラウスが無言のままこちらを凝視してくる。何か言いたい事でもあるのだろうか……。

「あの、侯爵様……何か私、粗相でも致しましたか？」

「は？　あ、いや……」

「ずっとこちらを見られているので、何かあるのかと思いまして」

視線に耐えきれなくなったルーフィナは恐る恐る訊ねてみると彼はまた黙り込んでしまうが、暫くして小さなため息を吐き諦めたように口を開いた。

「違うんだ……」

「？」

「先日の事なんだが、カトリーヌとは、その……違うんだ、だから誤解しないで欲しい……」

何時も強気なクラウスが珍しく控えめで、ルーフィナは思わず目を丸くする。そして主語のない彼の言葉に初めは何を言わんとしているのかよく分からなかったが、少し考えてピンときた。成るほど、そういう事か……言い辛い事なので言葉を濁しているに違いない。

「大丈夫です、分かっています。愛人さんなんですよね」

「いや、だからそうじゃ……」

「安心して下さい、侯爵様。名ばかりの妻である私が、正妻という立場を笠に着てカトリーヌ様との関係をとやかく言ったりなど絶対に致しませんので」

「……」

ルーフィナの言葉にクラウスはまた黙り込んだ。その様子を見て内心完璧だと頷いた。

実は以前、淑女の嗜みという少し年季の入った本を読んだ事があるのだが、その中に「夫の浮気は男の甲斐性であり責めるべからず、妻として肯定し受け入れるのが淑女の在るべき姿、醜い嫉妬など淑女にあらず」とあった。そうする事で波風を立てずに平穏無事に過ごせるらしい。今更ながら読んでおいて良かったとルーフィナは胸を撫で下ろすが、ふとある事を思い出す。

（でもテオフィル様は浮気には否定的みたいだったけど……）

昼休みのやり取りを思い出す。まるで自分の事のように心配してくれた。

冷静になって考えると妻がいるのに浮気するのは良くない筈。

（ならここは苦言を呈するべきところ？　……でも、そんな事を侯爵様に言ったら睨まれそうだし……私はいったいどうしたら……）

最近はクラウスと接触する機会が増えたが、それでもルーフィナにとっては他人以上知り合い未満くらいの感覚でしかない。きっと彼も同じだろう。そんな名ばかりの妻が、幾ら愛人がいるからと急に我が物顔で口を出すのは違う気がする。昼休みにテオフィルからは我慢して欲しくないと心配されたが、別に我慢をしているわけでなく現状に不満はない。

考えれば考えるほどよく分からなくなってきたのでルーフィナは考える事を放棄する。取り敢えずクラウスは納得してくれた様子だし、まぁいいかと思う。

ただクラウスを見れば何とも言い難い表情でまだこちらを見ていた。何だろうこの既視感……。

（あ！　そうだわ、ショコラが悪戯しておやつを抜きにした時の表情に少し似てるかも……）

そう考えると不思議と少し可愛く見えてくる。

この日クラウスは、珍しく屋敷には寄らずに帰って行った。

その翌日――。

「失礼致します。ルーフィナ様、お花が届きましたが如何なさいますか？」

朝起きると侍女が両手に抱えきれないほどの赤い薔薇の花束を持って来た。何時もと違う色にルーフィナは目を丸くしていると侍女が「旦那様からです」と遠慮がちに答えた。

「侯爵様」

「……何？」

「今朝、お花を受け取りました。ありがとうございます」

「別に礼を言われるほどの事ではないよ。たまたま花屋に立ち寄ったら少々強引に勧められたので仕方がなく買ってみたんだ。でも僕は花なんて不要だからね、それで女性の君なら花の一つや二つあっても困らないと思っただけだよ。まあ妻に花を贈るなんて些末な事だしね」

帰りの馬車で今朝届けられた花束の礼を述べると、彼は早口で話し始めた。早過ぎて半分くらいしか聞き取る事が出来なかったが、要するに断りきれずに買ってしまった花の処分に困ったのでルーフィナにくれたという事だろうか。

「そうだったんですね。でもそれでしたらカトリーヌ様に差し上げなくて宜しかったんですか？」

ルーフィナに他意はない。ただ単に素朴な疑問をぶつけてみたのだがクラウスは黙り込んでしまった。もしかして彼女と仲違いでもしてしまったのだろうか……。不躾だったと反省した。

その翌日、また花束が届けられた。その翌日、更に翌々日も……。何故か毎朝、クラウスから赤い薔薇の花束が屋敷に届けられるようになった。折角なので自室に飾っているが、流石にこうも毎日だと飾りきれなくなってくる。意外と日持ちがするので気付けば部屋は薔薇の花で溢れかえっていた。とても綺麗だし花は好きなので嬉しい事には違いはないが、そんなに毎日押し売りにあっているのだろうかと少し心配だ。


「お前が土弄《いじ》りしてるとか、どっかに頭でもぶつけたのか？」

「……」

どうして何時もこうもタイミング良くやって来るんだと苛っとする。

クラウスは中庭の花壇の前で蹲《しゃが》み込み土を掘っていたが、その手を止めスコップを地べたに置いた。

「へぇ、なんか埋めるのか？」

「……君には関係ない」

隣に蹲み覗き込んでくるのが地味に鬱陶しい。クラウスはバレないようにそばに置いていた小さな麻袋を隠そうとするが、目敏いアルベールに見つかった。

「それ、もしかして種か？」

「はぁ……そうだけど、何？」

面倒になり大人しく白状すると、彼はニヤリと笑った。碌な事を考えていない顔だ。

「あぁ、成るほどな！　花好きの奥方に『君の為に愛を込めて僕が育てたんだよ〜』とか言って贈ろうとしてるんだろう。お前、最近奥方にご執心だもんな」

「なっ……」

(何がご執心だ！　僕は別にそんなんじゃない！)

だが目的は間違ってはいないが……何故バレた⁉

カトリーヌとの事を弁明しようとしたあの日、誤解を解くどころかそもそも彼女は気にも留めていない様子だった。ルーフィナは完全にカトリーヌをクラウスの愛人だと思い込んでおり、更には全く嬉しくないが容認をしてくれた。それだけクラウスには興味もなければ関心もないという事だろう……。予想外の出来事に衝撃を受けたクラウスは上手く言葉が出てこず情けない事に黙り込んでしまった。

その日はとてもじゃないが彼女の屋敷に立ち寄る気分にはなれずクラウスはそのまま帰る事にしたのだが、その帰り道での事だ。馬車の窓から呆然と景色を眺めていると、ヴァノ家御用達の花屋が目に入った。ふとお茶会で花を見て微笑むルーフィナを思い出し、気付いたら馬車を止めさせていた。

「だけどさ、何も一から育てなくても花屋があるんだから買えば良いだけの話だろう」

「この花は売ってないんだよ。何しろ異国の珍しい花らしくてね」

店に入ると真っ先に目に付いたのは一際存在感を放つ赤い薔薇だった。やはり女性に贈るなら薔薇だろう。暫し悩みながら眺めていると奥から出て来た店主に声を掛けられた。

「侯爵様自らお越し頂けるなど光栄でございます。ですが本日は如何なさったのでしょうか？」

妻に贈りたい趣旨を簡潔に話すと、店主は人好きのする笑みを浮かべ「それでしたらやはり赤い薔薇がお勧めでございます」と言った。なので取り敢えず店にある赤い薔薇を買い占め翌朝に彼女の屋敷に届けさせる事にした。

翌日の午後、何時も通り彼女を馬車で迎えに行った際に「今朝、お花を受け取りました。ありがとうございます」と笑顔で礼を言われた。その言葉にやはり赤い薔薇にして正解だったと内心得意になる。早速ジョスに言い付け、明日も彼女の屋敷に赤い薔薇を届けさせようとクラウスは上機嫌になるのも束の間「そうだったんですね。でもそれでしたらカトリーヌ様に差し上げなくて宜しかったんですか？」と言われた時には一瞬思考が停止した。誤解しているのは分かる。それはこの際置いておくとしよう。それを踏まえて普通なら夫に愛人がいれば嫌悪感を抱くものではないのか……それなのにもかかわらずいったい何の心配をしているんだと脱力してしまった。今日こそ誤解を解こうと考えていたが、気力がなくなる……。

結局手をこまねいたまま馬車は屋敷に到着してしまい、クラウスはその日も屋敷に立ち寄る事なく帰路に就いた。

まあ何にせよルーフィナが薔薇の花を気に入ってくれた事には違いない。何故だか分からないが、その事実に気分が良くなる。

クラウスは気を取り直し自邸に戻ると開口一番にジョスに花の手配を頼んだ。それから毎朝、彼女の屋敷には赤い薔薇の花束を届けた。だが彼女の反応はいまいちだった。相変わらず礼は言ってくれるが心なしか笑顔が少し困っているようにも見える。もしかしたら赤い薔薇に飽きてしまったのかもしれない……色を変えた方が良いのだろうか。そんな風にクラウスが頭を悩ませ、再び花屋を訪れた時だった。店主から珍しい花の種が入荷したと聞かされ思わず買ってしまった。異国の品種なのでこの国では栽培は行われておらず、自力で育てる他はない。だがまさか彼女に育てさせるわけにはいかないだろう。だがジョスや他の使用人達に任せるのも癪で、結局こうして土弄りをする羽目になっている。

「今更感は凄いが、正に青春だな、青春！　いや～まさかお前が奥方に恋する日が来るなんてな」

品なく大口を開け豪快に笑うアルベールに冷たい視線を向けながらも無視をしてクラウスは作業を続ける。麻袋から種を取り出し土に埋めると用意していた水をやり立ち上がった。

「だから別にそんなんじゃないから」

「まあまあ、怒るなって。それにしても俺ならそんな面倒臭い事せずに、薔薇の花束と宝石の一つでも贈って愛を囁くのにな～。まあでも、お前は昔から女性にモテまくりでより取り見取りだっていうのに、いまだに色恋の一つも知らないお子様だし仕方ないか」

アルベールは、うんうんとワザとらしく頷き一人納得をする。

「なっ、誰が……」

「いやいや、だってお前童貞だろう？」

一瞬思考が止まり次の瞬間には一気に顔に熱が集まるのを感じた。

「あ、おい、クラウス！　冗談だって！」

クラウスは無言で踵を返すとそのまま歩き出す。背中越しにアルベールがまだ戯言をほざいているのが聞こえてくるが、そんな事はどうだって良い。今は一刻も早くこの場から立ち去る事が先決だ。

（暫く出入り禁止にしてやる!!）


「お待たせしました」

ルーフィナは正門前で相変わらず女子生徒達に囲まれているクラウスに声を掛けた。すると女子生徒達の視線は一斉にこちらに向けられる。突き刺さるような冷たい視線が痛い。

「じゃあ、帰ろうか」

当然のようにルーフィナの腰にクラウスが手を回すと、周りからは小さな悲鳴混じりのざわめきが起こる。最近は毎日迎えに来るのですっかり見慣れた光景だ。

背中越しに残念そうな女子生徒達の声が聞こえてくるが、彼はしれっとしており背を向けた瞬間真顔になった。彼の外面の良さには何時も感心するばかりだ。

「侯爵様、送って頂きありがとうございました」

「あぁ、またね」

「あの！」

馬車がルーフィナの屋敷に到着すると彼は先に降りて手を差し出す。ぶっきら棒ではあるが、最近は誰も見ていなくても気を遣ってくれるようになった。そして彼は屋敷に立ち寄る事なく帰って行くのだが……今日はクラウスが馬車に乗り込む前に声を掛けた。

「……何？」

「実は美味しいお茶を頂いたんですけど、ご一緒に如何ですか？」

彼は目を見張り固まってしまった。毎朝届く花束と迎えに来てくれるお礼のつもりで誘ってみたが、もしかしたら迷惑だったかもしれない。黙り込むクラウスにルーフィナは「お忙しいようでしたら無理には……」と言い掛けるが途中で言葉を遮られた。

「分かっていると思うけど、僕もそう暇じゃない。まあでも、僕は妻からのお茶の誘いを断るような無粋な男ではないからね」

要するに一緒にお茶をするという事だろうか……。だが正直忙しいのを無理して引き留めるのは気が引ける。

「あの、それでしたらご無理をして頂かなくて大丈夫……」

「そんな所に突っ立ってないでさっさと行くよ」

「え……」

ルーフィナが戸惑っている間に、気付いたら彼はルーフィナを追い越していた。

（何時の間に⁉）

「お茶をご馳走してくれるんだろう？」

「は、はい」

先に歩き出したクラウスの後をルーフィナは慌てて追いかけた。

天気も良く折角なので中庭でお茶にする事にした。因みに例の如くショコラはクラウスの後ろで絶賛監視中だ。だが今日は眠いのか身体を伏せ、目を閉じていた。たまに片目で彼を確認する姿は可愛過ぎるとルーフィナはときめいた。

四人掛けの白く丸いテーブルに向かい合ってルーフィナとクラウスは座った。テーブルの上には既にスコーンにクリーム、木苺のジャムが用意されている。大好きなスコーンにルーフィナは浮かれるが、今日の目的はあくまでお茶であり尚かつルーフィナは持て成す側だ。粗相をしないよう十分に気を引き締めないといけない。

そんな事を考えていると、ジルベールがお茶を二人分淹れてくれた。紅茶の良い香りがする。

「うん、良い香りだね。でも少し甘めかな」

ルーフィナは昨日飲んだのだが、彼の言う通りこの紅茶は花のような香りと甘さが強いのが特徴だ。

「異国のお茶なんです。ペルグラン国では出回ってない代物でわざわざ他国まで買い付けに行かないと手に入らないらしいんです」

「それは貴重だね。それで……これは誰からの頂き物なの？」

「テオフィル様からお裾分けして頂いたんです」

そう答えた瞬間「へぇ……あの彼か」と言ってニッコリと笑った。

実はこのお茶、テオフィルから貰った物だった。たまたま手に入ったからとお裾分けして貰ったのだが、貴重だしとても美味しかったので一人で飲むのは勿体ないなと考えていた時、ふとクラウスの事が頭に浮かんだ。正直花束も迎えもルーフィナがお願いしているわけではないので恩に着る必要はないとは思う。だがやはり幾ら花が余っているからといっても貰っている事は事実だ。まあ部屋が赤い薔薇だらけで少し困っているのも事実だが……。それでも花は好きなので素直に嬉しい。迎えは……ちょっとよく分からないが、先ほども話していたように彼だって忙しい筈でそんな中で時間を割いて来てくれている。まあ正直、一人の方が気が楽ではあるが……。

そう考えるとやはりお礼はするべきだと思っていたので、頂き物のお茶もある事だしと誘ってみた。

「流石公爵家は違うね。そんな貴重な物を簡単に友人にあげてしまうなんて。それか彼が良い人なのかな、慈善活動的なね」

「はい、テオフィル様は本当に優しくて良い方なんです。私、何時もお世話になりっぱなしで」

慈善活動とはいったい……？

クラウスの妙な物言いが気になるが、取り敢えず聞かなかった事にする。

たまに物を落としたり、たまに躓いたり、たまに忘れ物をしたりした時など何時も困り事があると助けてくれる。勿論それはテオフィルに限った事ではなくベアトリスもリュカも同じであり、本当に良い友人達だと胸を張って言う事が出来る。

「へぇ……」

「？」

「そうだ。今度、僕のお勧めのお茶を持ってくるよ。爽やかでフルーティーな香りだから、きっと君も気に入る筈だよ」

和やかだが目が笑っていないように思えるのは気のせいだろうか……何かしてしまったのかとルーフィナは悩む。

「ルーフィナは、学院は楽しいかい？」

不意にそんな事を聞かれ目を丸くした。まさか彼から世間話をされるとは思わなかった。絶対にルーフィナの学院生活など興味なさそうなのに……。

「はい、勉強は余り得意ではありませんが、良い友人達に恵まれているので毎日がとても充実しています」

ルーフィナはテオフィルやベアトリス、リュカの事を順番に話すが、心なしかテオフィルの話の時だけ目が据わって見えた。多分、気のせいだと思う……。

「えっと、侯爵様が学生だった時はどのような感じだったんでしょうか。アルベール様方とはその頃から仲が宜しかったんですか？」

話題を変えようと彼の事を聞いてみると、一瞬間があり彼は口を開いた。

「……うん、そうだね。何時も五人一緒だったよ」

「？」

（五人？　でも確か、コレット様は皆さんより歳が二つ上だった筈だけど……）

「あの五人とは……」

疑問に思い訊ねるが、クラウスは何も答えず話を進める。聞こえなかったのかもしれないと、ルーフィナは気にしない事にした。

「僕は常に勉強も剣術も上位だったんだ。首位を取る事も珍しくなかったよ。まあヴァノ侯爵家嫡男として当然の事だけどね」

「流石侯爵様です、テオフィル様と一緒ですね」

「……」

ルーフィナの言葉にクラウスの顔が引き攣って見えるが気のせいだろうか……。

それにしても今日は気のせいが多い日だなとルーフィナは漠然と思った。

「ところで、君は先ほど勉強が得意じゃないと話していたがそれは本当なの？　謙遜とかじゃなくて？」

「えっと……はい、本当です」

正直、ルーフィナの成績は中の上だ。それは入学当初から変わらない。因みにテオフィルは先ほどクラウスに言った通り常に上位であり、リュカはそれより少し下、ベアトリスは下の上といったところだ。

「それは感心しないな。ヴァノ侯爵夫人としての自覚が足らないいんじゃない？」

「すみません……」

まさかお茶に誘って説教される羽目になるとは思わなかったとうなだれる。ちらりと助けを求めてショコラへと視線を向けると、寝ている……。

「仕方がない、家庭教師を雇おうか」

「え⁉　そこまでして頂かなくても大丈夫です！」

毎日帰宅後や休日返上でスパルタ教育を受け嘆いている未来しか見えない。流石にそれは嫌だ……。

ルーフィナは必死にクラウスに家庭教師は不要だと訴える。

「分かった、なら僕が勉強を見よう」

「え⁉」

何故そんな発想になるのか、呆気に取られてしまう。家庭教師も嫌だが、それもちょっと……。

「何？　もしかして、嫌とか言わないよね」

「い、いえ……嫌ではないです？」

思わず本音が出てしまい彼から睨まれた。

# 第四章　家庭教師とお見舞いと

ただお茶に誘っただけなのに、何故こんな事になっているのか分からない……――。

今日、学院は休みだ。これまで休日は朝からショコラと庭で遊んだり、お茶をしながら読書をしたりとまったりと過ごすのが恒例だった。だがクラウスとお茶をした翌日からルーフィナの生活は一変した。

「違う。それ、昨日教えた筈だよね」

背筋を正し机に向かう事、かれこれ数時間……。休日だというのに朝からずっと勉強漬けだ。

初めは平日に帰宅後一時間、休日に二時間程度だったが、先日の小テストで微妙な点数を取ってしまった事でこんな事態になっている……。

『平均点よりはわずかに上回っているけど、これは頂けないね』

見せるつもりはなかったのだが、鞄から教科書を取り出した際に誤って床に落として見つかってしまった……。更に悪い事に彼から「確かもう直ぐ期末試験だったたね」と言われた。彼が学院を卒業したのはもう十年も前の話だが、体制などそう変わるものではなく完全に把握されていた……。その為、今は期末試験に向けて平日三時間、休日はルーフィナの気力体力が尽きるまで勉強時間を増やされている。

「これで本当に真ん中より上の成績なのかい？　これじゃ下から数えた方が早いんじゃゃ……うっ!!」

クラウスから嫌味を言われ身を縮こまらせていると、部屋の隅で何時もの如く監視していたショコラが勢い良く走って来たかと思えばクラウスに向かってダイブした。

「とに、かく、このままではっ、侯爵夫人には相応しい、とは、言えな、いから……重っ」

「すみません……」

ルーフィナは教科書に目を通しながら横目でクラウスを盗み見ると、隣に立っていた筈の彼は座っているルーフィナより低い体勢になり床に膝をついていた。必死にショコラを押し戻そうとしているが、ショコラの方は何処吹く風だ。大きな尻尾をブンブンと左右に振り回す様子からして完全に遊ばれている事が分かる。

「あの……大丈夫ですか？」

「問題、ないっ……君は、勉強を続、け……」

「あ……」

クラウスは完全にショコラに下敷きにされ力尽きた。

「ジルベール、食後に僕の用意したお茶を淹れてくれるかい」

「かしこまりました、坊ちゃま」

「っ……」

その瞬間クラウスは、顔を赤くしてジルベールを睨むが彼はまるで意に介さず空の皿を下げていた。そんなやり取りにルーフィナは苦笑する。そして実は最近分かった事がある。普段穏やかで優しく時に厳しいジルベールは意外と腹黒いかもしれない……。クラウスから何度も坊ちゃまと呼ばないように注意されているのにもかかわらず一向に直そうとしないのだ。多分ワザとではないかとルーフィナは疑っている。当然彼だって気付いている筈だ。だがそれでもクラウスが感情のままにジルベールに怒る事はない。それが少し意外だった。

「ご馳走様、美味しかったよ」

毎日のように長い時間クラウスに勉強を強制的に見て貰っているので、彼の屋敷での滞在時間が増え必然的に一緒に食事をするようになった。

「前に話していた僕のお勧めのお茶を持って来たから、君も飲むといいよ」

「ありがとうございます」

カップに鼻を近付けると爽やかでフルーティーな香りがする。一口飲んでみると、癖はなくスッキリとして飲み易かった。

優雅にお茶を飲むクラウスを盗み見ながらルーフィナもお茶を飲みまったりとする。お茶の香りに疲れが吹き飛ぶようだ……癒される。

「さて食事も済んだ事だし、勉強を始めようか。ほらさっさと行くよ」

「はい……」

癒しは一瞬で吹き飛んだ……。ルーフィナがうなだれながらクラウスと部屋へと戻る際、ジルベールがこちらを見て和やかに笑う姿が見えた。

その後、勉強は夜遅くまで続き二十三時になってようやく解放された瞬間ルーフィナの体力は限界を迎え机に伏せてそのまま寝てしまった。そして夢現《ゆめうつつ》に身体がふわりと浮いた気がした。


ある日の昼休み、ルーフィナ達は中庭ではなく空き教室でお弁当を食べていた。その理由は窓の外を見れば一目瞭然だ。昼間だというのに薄暗く空は黒い雲で覆われており朝から雨がパラパラと降っていた。そんな天気のようにベアトリスの気持ちも沈んでいる様子だ。

「うぅぅ……」

「ベアトリス様、元気出して下さい」

先ほどからずっとパンを齧りながら唸っているベアトリスをルーフィナは慰めているが一向に変化はない。

「行儀悪いな、唸るか食べるかどっちかにしなよ」

呆れ顔のリュカに指摘されたベアトリスは彼を恨めしそうに見る。

「リュカ様は余裕かましてズルいです」

「自業自得だろう？　そもそも遊び歩いているからそうなるんだよ。元々成績が良いわけでもない癖にさ。諦めて補習受けるんだね」

実は今日、期末試験の答案の返却日だった。そしてベアトリスはこの中で一人だけ赤点を取ってしまい補習を受ける事になってしまった。

リュカが指摘した遊び歩いているとは、夜な夜な夜会に参加しているという意味だ。相変わらずお金持ちな旦那様を探しているらしい。

ベアトリスは図星のようで珍しく何も言い返さない。

「それにさ、一人で参加するとか寂し過ぎだよ。そうまでして行くとか呆れる」

余りに辛辣な言葉に、そこまで言わなくても良いのではと思いながらある事に気付いた。

「え、リュカ様とご一緒に参加されているんじゃ……」

最近ベアトリスが夜会の話をする事がなくなったので、そもそもそんな頻繁に参加している事すら知らなかった。しかもリュカ同伴ではなく一人で参加しているなど驚きだ。ルーフィナは舞踏会に参加して以来、いまだに夜会などには一度も参加していない。考えただけでも緊張してしまうし、それこそ一人で行く度胸など持ち合わせてはいない。ある意味ベアトリスを尊敬してしまう。

「いや僕だって毎晩毎晩付き合いきれないよ」

「ですよね……」

普通に考えれば当然だ。まして試験前なら尚更だろう。

「別に私寂しくありません。何故なら一人ではありませんから」

得意気に胸を張って鼻を鳴らすベアトリスの言葉に一瞬教室が静まり返った。リュカを見れば怪訝そうな顔をしている。

「ベアトリス様、それはどういう意味ですか？」

「本当は内緒って言われているんですけど、実は少し前に素敵な殿方に声を掛けられまして今はその方と毎晩ご一緒しているんです。彼歳上なんですけど、美男子で背が高くて色白で、すらっとしていて紳士だし何よりお金持ちだし！　もう文句の付けようがないんです！」

意外な彼女の言葉にあからさまにリュカの表情が変わった。目を吊り上げ怒っているみたいだ。

「……へぇ、物好きもいるんだね」

「物好きって、幾ら何でも失礼です！」

「そうかな～でも事実だし。そんな完璧な男性がベアトリスみたいな女性に構うなんて国宝級の変人じゃない？　それとも騙されてるとか？」

「ザームエル様は、そんな方じゃありません！」

「まあでも、君を騙したところで何の得もないよね。生家がお金持ちなわけでもないし」

「酷い、そんな言い方……リュカ様なんて、大大大嫌いです!!」

「あ、ベアトリス様！」

リュカとの言い合いの末にベアトリスは教室から出て行ってしまった。ルーフィナは追いかけようとするが、隣にいるテオフィルに止められる。

「テオフィル様、どうして……」

「ベアトリスは今は興奮しているから、落ち着くまではそっとしておいてあげた方が良い。きっと誰に何を言われても苛立つだけだと思うから……。それより、リュカ。さっきの物言いは酷過ぎる。聞くに堪えない。幾ら気に入らない事があってもあんな風に言うべきじゃないよ。君も少し頭を冷やした方が良い」

淡々と諭すように話すテオフィルにリュカはうなだれた。そしてそのまま立ち上がると「ごめん、頭冷やしてくる」とだけ言い残し教室から出て行った。その際にテオフィルから「頭冷やしたらちゃんとベアトリスに謝るんだよ」と言われ力なく笑った。

テオフィルと二人だけになり、何とも言えない空気が流れる。入学してからこれまで何時も四人一緒に過ごしてきた中で、仲違いなど一度もする事はなかった。自分自身の事ではないが悲しくなる。

「ルーフィナ、そんな顔しないで。大丈夫だよ。リュカもベアトリスも少し行き違いになってしまっただけで、直ぐに仲直り出来る筈だから。勿論二人から助けを求めてきた時には全力で力になるけど、それまではそっとしておこう」

「はい……」

何も出来ないのはもどかしく感じるが、確かにテオフィルの言う通りだ。誰だって一人になって考えたい時もあると思う。

「それより、ルーフィナはテストどうだったんだい？」

気を遣っているのだろう。彼は努めて明るく話し話題を変えた。本当に優しく、彼は出会った頃と変わらない。

「実は、今回は今までで一番良かったんです」

「最近随分と頑張ってたみたいだから、ルーフィナの努力の賜物だね」

テオフィルから褒められたルーフィナは笑顔になる。

この一ヶ月半毎日勉強漬けだった。たった一ヶ月半だが、それでもクラウスからの厳しい指導に挫けそうになってしまう事もあった……。だが今はクラウスに感謝している。諦めずに努力して本当に良かったと思う。

「ふふ、ありがとうございます。でも私一人の力じゃないんです」

「どういう事？」

「実は最近ずっと、侯爵様から勉強を教わっていたんです」

「……」

「平日は勿論の事、休日なんて朝から晩までみっちり扱《しご》かれて途中挫けそうになったりもしましたが、何とか頑張る事が出来ました。……テオフィル様？」

急に黙り込んだ彼は放心状態に見えた。何か失言でもしてしまっただろうかと心配になる。

「あの、テオフィル様？」

「え、あぁ、すまない……。少し疲れているみたいだ」

「そうだったんですね。気が回らずにすみません。試験前でテオフィル様も大変でしたよね。無理せずたまにはゆっくり休んで下さい」

常に上位であるテオフィルだが、やはり試験前となると何時も以上に根詰めて勉強をするのだろう。

「……ありがとう。そうだね、そうするよ」

「そうだ。実は最近とても美味しいお茶を知ったんです。以前テオフィル様から頂いたお茶もとても美味しかったですが、それもお勧めですよ。爽やかでフルーティーな香りがするので凄く癒されるんです。今度お渡ししますね」

早速クラウスに聞いてみようとルーフィナは思った。きっとテオフィルも気に入ってくれるだろう。


放課後、ルーフィナは一人で校舎を出た。まだ空は曇っているが、雨は上がっている。

今日は昼休みに揉めてしまったベアトリスやリュカの姿はなかった。二人共ホームルームが終わるや否や逃げるように帰って行った。テオフィルも図書室に寄ると言い先に教室から出て行ってしまった。そんな中、ルーフィナは一人沈んだ気持ちのまま正門へと向かうがクラウスはいなかった。

暫く待っているがやはりクラウスは現れない。生徒達もまばらになり、ルーフィナは途方に暮れる。

最近は彼が迎えに来てくれるのが当たり前になっていたが、よくよく考えれば約束をしていたわけではない。こんな日もあるのかも……そう思った時、ようやくヴァノ家の馬車がやって来た。だが扉が開いて現れたのは彼ではなく執事だった。

「ルーフィナ？」

「テオフィル様……」

また小雨だが降ってきてしまい、少しずつ身体を濡らしていく。

ルーフィナが正門の前で途方に暮れているとテオフィルから声を掛けられた。

「こんな所でどうしたんだい？」

「あの、その……」

実は先ほどクラウスの執事であるジョスから彼は急用が入ったから迎えには来られないと言われた。しかも暫くは難しいかもしれないとも。

その後にジョスからお送り致しますと申し出があったが大丈夫だと断った。本来ならば幼い子供ではないのだからわざわざ誰かに送って貰う必要はないのだ。久々に一人で帰ろうと考えたが、ジョスがいなくなってから大事な事に気付いてしまった……。最近は必ずクラウスが迎えに来てくれていたので、ルーフィナの屋敷からは迎えは来なくなっていた。彼が送ってくれるので無駄な労力となってしまうからだ。

その事に気付いた時には後の祭りで、帰れないと途方に暮れてしまった。

「そうだったのか。良かったよ、僕がまだ残っていて」

「え……」

「勿論、送らせて貰うよ」

テオフィルに事の経緯を説明すると送って貰える事になった。本当に良い方だとしみじみ思う。

「結構な時間ここにいたんだね。濡れてしまっている。ごめんね、僕がもっと早く切り上げて来ていればこんな事には……」

「い、いえ！　テオフィル様に責任なんてありません。自業自得です」

「風邪を引いてしまうよ」

眉根を寄せ申し訳なさそうにするテオフィルは、自ら上着を脱ぐとルーフィナの肩に掛けてくれた。

「本当にありがとうございました。テオフィル様に送って頂けなかったら歩いて帰らなくてはいけませんでした」

「いや、役に立てたみたいで良かったよ。それより歩いて帰るなんて危険だから、そんな事を考えてはダメだよ。もし仮に次に同じような事があって、僕やリュカ達がいなかったら先生に助けを求める事。きっと力になってくれる筈だから」

「はい……」

本当に何時も彼にはお世話になりっぱなしで頭が上がらない。ルーフィナは反省をする。

雑談をしている内にあっという間に馬車はルーフィナの屋敷へと到着した。彼は先に馬車から降りると、ルーフィナへと手を差し出し降りるのを手伝ってくれる。

「あのテオフィル様。お礼になるかは分かりませんが、宜しければご一緒にお茶は如何ですか」

「……いいのかい？」

「はい、テオフィル様がご迷惑ではなければ」

「あ、いや……やはりやめておくよ。ありがとう、気持ちだけ受け取っておくね」

それだけ言うと彼は馬車に乗り込んだ。その様子を見てルーフィナはハッとして慌てて声を掛ける。

「テオフィル様！　上着はどうしたら良いですか？」

洗濯して返すのが常識だろうが、明日も学院があるので困るかもしれないと焦る。

「予備は何着もあるから心配はいらないよ」

「では後日、洗濯してお返ししますね」

「うん、でも急がなくていいから……。何なら暫く預かってくれると嬉しいかな」

「？」

「じゃあ、また明日」

その日の夜、クラウスの執事であるジョスが血相を変えて屋敷を訪ねて来た。何やらジルベールと話をしていたが内容までは聞こえない。ただ珍しくジルベールが怒っていたのだけは分かった。

『睡眠不足と疲労です』

クラウスは医師からそう告げられた。ルーフィナの期末試験がようやく終わり、少し気が抜けたせいかもしれない。

正直そこまで根詰めて勉強を教えるつもりはなかったのだが、ルーフィナが思っていた以上に手強く苦戦した。その為に当初の予定より時間を増やす事にしたのは良いが、中々キツかった。平日は朝早く起床し直ぐに仕事に取り掛かる。夕方には彼女を迎えに行き、彼女の屋敷に着くと初めにその日の宿題を終わらせる。それから夕食を摂り三時間ほど勉強を見る。大体二十三時くらいに終わりクラウスは帰宅する。帰宅後は湯浴みを済ませてから仕事をして、寝るのは大体夜中の三時過ぎだ。朝は六時には起床するので睡眠時間は三時間くらいだった。休日が丸一日潰れるのでそれを考慮し、それに加え昼間は所用が入る事もあるので致し方ない。

もう若くないなと実感した。クラウスが侯爵家を継いだ当初は、何ヶ月もまともな睡眠がとれないくらい多忙を極めていたがどうにかこなしていた。

クラウスは父とは一緒に暮らした事がなく、初めて父と対面したのは五歳の時だった。それから顔を合わせるのはお茶会などに連れ出される時だけだった。正直会話らしい会話はした事がなく、一度も触れられた事も触れた事もない。

（あの人は、僕を嫌っていたから……）

だから急死した時は何の引き継ぎもなく、仕事のやり方すら教わっていなかったので全てが手探りでかなり苦労した。しかも急死したとクラウスが思っていただけで本当は三ヶ月ほど前から余命の宣告を受けていたそうだ。それならば少しは引き継ぎなりなんなりしてくれれば良かったものをと思ったが、あの人はそういう人間だ。期待など意味はない。

父の訃報を聞かされた時、何の感情も湧かなかった。クラウスにとって事務的な報告に過ぎない。あの時はそんな事よりも彼を……――。

クラウスは柱時計の鐘の音に目を開けた。寝汗が凄く頭痛がして身体が異様に怠い。

枕の横には書類の束が置かれていた。どうやら目を通している途中で寝てしまったらしい。

「もうこんな時間、か……っ」

時計を確認すれば、そろそろルーフィナの下校時刻だ。

（確か、今日辺り期末試験の答案が返却されるとか言っていたな……）

かなり努力していたので良い結果が出ているに違いない。

ふと真剣な表情を浮かべ机に向かうルーフィナの姿が脳裏に蘇る。

まあ侯爵夫人として当然の事だ。だが何か……ご褒美があっても良いかもしれない……。そんなつまらない事を考えてしまうのは心身が弱っているからだろう、きっと。

（兎に角迎えに、行かないと……）

そう思い身体を起こそうとしても言う事をきかない。だが早くしないと彼女が待っている。

そう思った瞬間思わず笑いが込み上げた。別に約束をしているわけでも彼女から頼まれたわけでもない。自分が勝手に迎えに行っているだけだ……。それなのに彼女が待っているなど烏滸《おこ》がましいにもほどがあるだろう。

「失礼致します。クラウス様⁉」

どうにか身体を起こしベッドから下りようとしたが、フラついて床にずり落ちてしまった。タイミング良く部屋に入って来たジョスは、そんなクラウスを見て驚愕し慌てて駆け寄って来た。

ジョスに身体を支えられベッドに逆戻りする事になり、自分の置かれている状況に嫌気がさす。高々熱ごときで寝込むなんて……自分だけが頼りなのに何とも情けない。

「クラウス様、暫くは安静になさるように医師からも言われております」

「分かっているよ……。でも、ルーフィナを迎えに行かないと……」

「そんなお身体では無理です！　高熱を出されていらっしゃるんですよ。ルーフィナ様のお迎えでしたら私が代わりに行って参りますので、クラウス様は休まれていて下さい」

普段の仕事ぶりは特に問題はないが、ジョスはたまにやらかす。正直任せるのは不安だ。だが他に手立てはないし他の使用人になんて余計に任せられない。……他人など、信用出来ない。

「じゃあ、君に頼むよ。でも、彼女には僕の体調の事は言わずに急用が出来たからと伝えて。後、暫く迎えに行けないとも……後、絶対にルーフィナを……屋敷まで、送り届ける、ように……分かった、ね……」

また意識が朦朧としてきて上手く呂律が回らない。視界が揺らぐ中、ジョスが部屋から出て行く後ろ姿を見届けたクラウスは意識を手放した。

気配を感じクラウスは目を覚ます。するとジョスが額の濡れタオルを交換していた。

「ジョス……ルーフィナを、ちゃんと送り届けて……くれた？」

「それがお迎えには伺ったのですが、ルーフィナ様からご自身で帰られると申し出がありお断りされたもので……」

「…………は？」

予想外のジョスからの返答に理解するまで数秒掛かってしまった。そして理解した瞬間、唖然とする。

「まさか、それで彼女を送り届けないで帰って来たわけじゃないだろう⁉」

「あの、はい……申し訳ございません」

「ジョス、君……っ」

思わず起き上がり叫んだが、一気に頭に血が上り眩暈がしてベッドに倒れ込んだ。その様子にジョスは慌ててクラウスの心配をするが、彼は理解しているのだろうか。大変な事をやらかしてくれたという事を……。

「帰りは彼女の屋敷からは迎えは来ないんだよ。僕が、毎日迎えに行っているから……」

「⁉」

ようやく理解したのかジョスは血相を変えた。確かにジョスに言葉で伝えていなかったかもしれないが、毎日のクラウスの行動を知っているのだから分かっていると思っていた。

「も、申し訳ございません!!」

「もういい……やっぱり僕が行くから……っ」

そうは言うものの、どうやっても身体は動かず結局断念をする。

「謝罪はいいから……兎に角急いで、もう一度彼女を迎えに行って……」

そうクラウスが言うと、ジョスは慌てふためきながら部屋を飛び出して行った。そんな彼の姿に疲労感を覚えた。

また熱が上がってきたらしく頭痛が酷くなり意識が遠のいていく。

クラウスが窓の外に目を向けると、窓には新たな滴が付着しており先ほどまで止んでいた雨はまた降り出してきたようだ。雨の中、途方に暮れるルーフィナが脳裏に浮かぶ。

(風邪を引いたら、僕のせいだ……)

数時間後、意気消沈した様子でジョスが戻って来た。話を聞けば義父であるジルベールから随分と説教を受けたそうだ。ジルベールは穏やかだが、ああ見えて怒ると怖い。正直、クラウスも昔から頭が上がらないでいる。

「へぇ……そう」

薬が効いて熱も下がってきておりようやく落ち着いてきたが、ジョスからの報告にまた熱が上がりそうだ。

学院に戻ったジョスだったが彼女の姿はなく暫く周囲を探すも人影すらなかった。仕方なくヴァノ家別邸へと急ぐと彼女は既に帰宅していた。ジルベールに訊ねるとテオフィルが彼女を送り届けたと聞かされたそうだ。

「ジョス、君には色々と言いたい事がある。でもまた後日にするよ。今日はジルベールからも散々叱られたみたいだしね。僕も一人でゆっくり休みたいから、もう下がってくれるかい」

何度も頭を下げながら部屋から出て行くジョスの姿に苦笑する他ない。回復したら確りと指導しなくてはならないだろう。

それにしても、よりにもよってテオフィルがルーフィナを送り届けたなんて最悪だ。無性に腹が立つ……が今日のところは素直に感謝しておく事にする。無事に彼女が屋敷に帰れた事実が大事だ。

そういえば、庭の花は大丈夫だろうか。雨はそこまで降ってはいなかったが、午前中は少し風が強かった。

二ヶ月ほど前に植えた種はすくすくと育ち蕾を付けた。そろそろ花が咲くかもしれない。明日の朝にでも確認した方が良いだろう。

「ルーフィナ様、こちらの上着は如何なさいますか？」

「休み明けに持って行くからクローゼットに仕舞っておいて」

今日学院に登校した際にテオフィルに昨日のお礼を伝えると、気を遣ってくれた彼からは上着は急がなくていいと言われたが、やはり人様から借りた物なので早めに返すべきだろう。

ルーフィナは帰宅早々机の引き出しから答案用紙を取り出すと鞄に入れる。そのタイミングでマリーが部屋へと入って来た。

「ルーフィナ様、こちらで宜しいでしょうか」

「えぇ、ありがとう」

手にしている小さな籠をルーフィナへと見せ確認をすると、中には赤く艶やかなリンゴが数個入れられていた。実に美味しそうだ。後は行きに花屋に寄れば十分だろう。

ワフ！

「ショコラごめんね、今から侯爵様のお見舞いに行かなくちゃいけないから遊んであげられないの」

ルーフィナがそう言うと、ショコラは不思議そうに首を傾げる。だがいきなりドスドスと走り出し部屋の隅に置かれているショコラの玩具箱に頭を突っ込んで何やら漁り出す。そして暫くして何かを咥えて戻って来た。

ワフッ!!

口に咥えているのはぐったりとしている犬の縫いぐるみだった。

「もしかして、侯爵様にあげたいの？」

ワフ!!

「ショコラ……」

ぐったりした犬の縫いぐるみを受け取ると、ショコラは胸を張り嬉しそうに鳴いた。その様子にルーフィナは感極まって抱き付いた。何時もあんなにクラウスに意地悪をしているのに心配しているなんて……。

「きっと侯爵様、驚くわ」

昨夜ジョスが帰った後、ジルベールに何があったのかを訊ねた。すると困ったような笑みを浮かべながら事の経緯を説明してくれた。

まさか自分が断ってしまったせいでそんな事になっているとは思わず驚いた。ルーフィナはジルベールにジョスではなく断った自分に非があると伝えたが首を横に振るだけだった。そんな会話の中で、クラウスが迎えに来なかった理由も知った。本当は急用などではなく、過労で倒れたそうだ。だがルーフィナが気に病むと思い伝えなかったみたいだ。

『ジルベール、侯爵様のお見舞いに行く事は出来る？』

自分のせいで体調を崩したのだからやはり責任を感じてしまう。何もする事は出来ないが、せめてお見舞いくらいは行くべきだ。

『明日、ルーフィナ様が学院に行かれている間に本邸に使いをやっておきます』

快諾してくれたかは不明だが了承は貰えたので、初めてクラウスの暮らす本邸へと行く事になった。

本邸に到着すると、ジョスが出迎えてくれた。昨日の事を謝罪されたのでルーフィナも彼に謝罪する。自分の軽率な言動の結果、彼が叱られてしまう羽目になったのだから当然だ。

ジョスに先導され廊下を歩いて行く。本邸はルーフィナの暮らす別邸よりも広く、調度品など含め屋敷全体が洗練されていた。屋敷を見れば主がどんな人間か分かると言うが、正にその通りだと思う。ただ何となく淋しい印象を受けた。

クラウスの部屋に通され、ベッドに伏せていた彼に早速ショコラからのお見舞いの品を手渡すと予想通り驚いてくれた。目を見開き口元が引き攣っているようにも見えるが、彼も感動してくれたのかもしれない。

「侯爵様のお見舞いに行くって言ったら、これを渡して欲しいみたいで……ショコラも侯爵様が心配みたいです」

「あー……うん、ありがとう。毛玉……じゃなくてショコラにもお礼を言っておいて……」

ぐったりした犬の縫いぐるみを受け取ったクラウスは、目線の高さまで持ち上げてまじまじとそれを眺めながら「もしかしてこれ……僕じゃないよね」とよく分からない事を呟いていた。

ルーフィナにはちょっと何を言っているのか分からない。

「後、こちらはリンゴとお花です」

「すまない、気を遣わせてしまって……」

花は屋敷に来る途中で花屋に立ち寄り、一目惚れしたオレンジ色のガーベラを購入した。鮮やかな暖色の花は一輪だけでもかなり存在感を感じる。見ているだけで元気になれそうだと思い、それを花束にして貰った。

「いいえ、お忙しいのに私の勉強を見て頂いたせいなので当然の事です」

ジルベールから聞いていた以上に顔色が悪い。それにしおらしく見えた。何時もなら嫌味の一つでも言ってきそうなものなのに、やはりまだ体調が悪いのだろう。

「そういえば、試験の結果は？」

クラウスのその言葉にルーフィナは待ってましたとばかりに鞄から答案用紙を取り出した。そして意気揚々と彼に手渡す。

「へぇ、中々の高得点だね。でも及第点にはまだまだかな」

「!!」

手放しで褒めて貰えるとは流石に思っていなかったが、結構自信があっただけにルーフィナはショックを受ける。

「勉強は日々の積み重ねだから、少し成績が良くなったからって調子に乗っちゃダメだよ」

「はい……」

「まあ、でも頑張ったと思うよ。……何か、ご褒美をあげようか」

「え……」

一瞬耳を疑った。まさか彼がそんな事を言うなんて……。でもご褒美とは？　と戸惑う。

「何でもいいよ。宝石でもドレスでも、好きな物を用意する」

「……」

「今直ぐじゃなくていいから、考えておいて」

過労で心身共に弱っているからだろうか、クラウスの笑顔は何時もと違い優しい。外面用の貼り付けたような笑みでも、たまにルーフィナに見せるぎこちない笑みでもなかった。

（やっぱり、だいぶお疲れなのね……）

ルーフィナはしみじみそう思った。


見ているこっちが怖くなる。

お見舞いの品で持って来たリンゴの皮をルーフィナが剥いてくれているが、当然やった事がないようで手付きが危うい。それに皮を厚く剥き過ぎて惜しげもなく身まで削られていきどんどん小さくなっていく。

「ルーフィナ、リンゴの皮を剥くのは侍女にやらせるから」

「いいえ、私のせいで侯爵様が体調を悪くされたのでこれくらいさせて下さい」

かなり時間をかけてようやくリンゴの皮は剥き上がった。手のひらほどの大きさの皿の真ん中にほぼ芯になってしまった可哀想なリンゴが置かれる。これなら剥いた皮の方を食べた方が賢明かもしれない。

「すみません、少し失敗してしまいました……」

(これが少しだと⁉)

肩を落としおずおずと皿をこちらに差し出してくるルーフィナに、クラウスに受け取る以外の選択肢はない。ただコレをいったいどうしろというのか……。

「あの、やっぱり誰かに剥いて貰ってきます……」

皿の上のほぼ芯を暫く眺めていると、ルーフィナは何かを察したのか立ち上がり部屋を出て行こうとするのでクラウスは慌てて芯に齧り付いた。

「ルーフィナ！　大丈夫、美味しいよ……」

生まれて初めてリンゴの芯など食べたが、食べられなくはない。ただ美味しいかと聞かれれば、やはり身の部分の方がいい……。

取り敢えずクラウスは芯の三分の一を食べ終わるが、彼女が不安げにこちらを見ているので結局ヘタ以外の全てを平らげた。

「ご馳走様……」

「次からは上手に剥けるように練習しておきます」

至って真面目に話す彼女に脱力し思わず笑ってしまう。多分そんな機会はそうはないだろう。

「お加減は如何ですか」

「別に平気だよ。大した事ないのに、医師やジョスがうるさいから取り敢えず休養しているだけだから」

正直まだ身体が重いし怠い。熱は下がったが、ぶり返す可能性もある為今日もまた一日中ベッドに伏せていた。だがそんな情けない話は彼女には出来ない。

「そうなんですか。でもまだ顔色が良くありませんのでご無理はしないで下さい」

ルーフィナは眉根を寄せ心配そうな表情を浮かべる。

どうせ社交辞令だろうと頭では分かっているのに、嬉しいと感じる自分はやはり不調だ。

「あ、もうこんな時間ですね。長居してしまいすみません」

時計を見た彼女はあたふたしながら立ち上がり帰り支度をする。

「では侯爵様、私はこれで失礼します。早く元気になって下さいね」

「ルーフィナ……」

「はい」

「実は君に見せたい物があるんだ」

ルーフィナは小首を傾げる。

「それが、その……朝にしか見る事が出来ないものなんだ。君は明日、学院が休みだろう。だから、その……」

「分かりました。それでしたら明日の朝一番にまた来ますね」

クラウスが言い終える前に結論を出したルーフィナは早々に帰って行ってしまった。彼女の場合ワザとではないと分かっているが、クラウスはうなだれる。最後まで言わせて貰えなかった……。

ルーフィナが帰ったその夜、クラウスは寝過ぎたせいか目が冴えてしまい寝付けずにいた。ふと窓辺に飾られたオレンジ色のガーベラが目に入る。わずかに開いたカーテンの隙間から月明かりが射し込み照らし出していた。

花を貰う事がこんなに嬉しい事だとはしらなかった。温かなオレンジ色がまるで彼女のようだと思った。これまでずっとルーフィナに赤い薔薇を贈ってきたが、彼女にはオレンジ色やピンク色のような愛らしい色の方が似合うかもしれない。花の種類も薔薇に拘っていたが、何時も同じ物よりその方が彼女も喜ぶだろうか。今度本人に好きな色や花の種類を聞いてみようかなどとつまらない事を考えていた時――。

『ワフ！』

「!?」

不意にあの毛玉が頭を過《よぎ》る。そういえばそうだった。何故か分からないがルーフィナがショコラから見舞いの品だと言って犬の縫いぐるみを持って来た。

やはり花と同じく窓辺に飾られているそれを見て顔が引き攣る。あの毛玉……絶対にワザとだろう。犬の癖に本当に何時も何時も生意気だ。完全に舐められている。

翌朝――。

約束通りルーフィナは朝一で屋敷にやって来た。

「おはようございます。もう起きられても大丈夫なんですか？」

「あぁ、問題ないよ」

今朝目を覚ますと、だいぶ身体が軽くなり楽になっていた。数日もベッドで伏せ十分に身体を休ませたお陰だろう。

「ルーフィナ、こっちだ」

クラウスはルーフィナに声を掛けると一緒に中庭へと向かった。

花壇の前で足を止めると彼女が興味津々に後ろから覗き込んでくる。その様子に思わず頬が緩みそうになり慌てて気を引き締めた。

「異国の花だよ。何でも朝に花開いて昼には閉じてしまうらしくてね」

昨日の朝、花が気になり朝一で様子を見に来ると花が一輪咲いていた。形は百合の花に近いかもしれない。それに成長する過程で思ったが、珍しい生え方をしている。花屋からの助言で支柱を三本立てるようにと言われその通りにすると花の蔓は見事に絡み付き上へと向かって伸びていった。花など育てた経験はなかったが、中々立派に育ったと自負している。ただまさか花が開いてから散るまでがこんなに短いとは思わなかった。

昼過ぎにわざわざジルベールがやって来てルーフィナが見舞いに来たいと話していた事を聞かされた後、念の為もう一度花を確認に行くと花は既に萎んでおりクラウスはその光景に絶句した。急いで花屋に使いをやると、先ほどクラウスが説明した事を言われた。どうしてそんな重要な事を初めに言わないのかと呆れた。

それにしてもジョスには自分が寝込んでいる事は彼女には伝えるなと言ったにもかかわらず確りバレている。ジルベールもジルベールだ。彼の場合、意図してやっているので余計にタチが悪い。全く職務怠慢な人間しかいない。

「儚いんですね、こんなに綺麗なのにそんな早く散ってしまうなんて、寂しいです……」

今朝は三輪咲き、白色の花が朝の柔らかな日差しと涼やかな風に揺れている。

花壇の前に蹲み込み花を眺めている彼女の表情は憂いを帯びて見えた。

(こんな顔もするんだな……)

何だかしんみりとしてしまった。おかしい……もっとお茶会の時みたいに嬉しそうに笑う彼女を想像していたのに。

「ルーフィナ」

「はい」

「先日は、雨の中随分と待たせてしまって、その、身体は平気だったかい？」

本当は昨日、聞くべきだったがタイミングを逃してしまった。今更だと思われていないか少し不安になる。

「侯爵様が気に病む事ではないです。私がジョスさんの申し出を断ってしまったのが悪いんです。それに侯爵様が私を迎えに来る事は義務ではないので気にしないで下さい」

それはクラウス自身も分かっており、あの時もそう思った。だがいざ彼女から言われると何故かモヤッとしてしまう。

「それにテオフィル様が上着を貸して下さって屋敷まで送ってくれたので大丈夫でした」

「……は？」

（上着を貸してって……）

さらりととんでもない発言をするルーフィナに思わず間の抜けた声が出てしまう。送り届けて貰った事はこちらに非があるので腹は立つが致し方ない。だが上着を借りたとなると話は別だ。冗談にしても笑えない。

「へぇ……本当に彼は、良い人だね」

「はい、送って頂いただけでも申し訳ないのに上着まで貸して下さって、何かお礼をしなくちゃいけないと考えてはいるんですけど思いつかなくて。送って頂いた際にお礼のつもりでお茶に誘ってみたら、遠慮されてしまったので……」

仮にも夫である自分の前で他の男を誘った事を堂々と告白するとは……いい度胸だ。正直気分の良いものではない。ワザとじゃないと分かってはいるが、苛っとする。

「それで、その上着は返したの？」

「いえ、まだです。洗濯しなくちゃいけないですし、テオフィル様からは暫く預かって置いて欲しいと言われたので」

「……は？」

「あ、でも、人様からお借りした物なので休み明けにはお返ししようかと思っています」

随分とふざけた事をしてくれる。

一見するとお茶の誘いを断り誠実そうに思えるが、そうじゃない。もしテオフィルが、ルーフィナが言うように本当に誠実で良い人ならば、幾ら送る為とはいえ同じ馬車には乗らない筈だ。彼女が既婚者だと知っているのだから、少し面倒ではあるが彼女の屋敷に使いをやり迎えに来させれば良いだけの話だ。それはせずに敢えて彼女を自ら送り届け尚かつ自分の着用していた上着を彼女に貸して更には暫く預かって欲しいと抜かすとは……マーキングいやこれは宣戦布告と言っても過言ではない。何れにしても意図している事は確実だ。

「その上着は、僕から彼に返すよ」

「え……」

そう言うと状況を理解していない彼女は目を丸くする。だがこのまま黙って引き下がるわけにはいかない。

「夫として彼に直接お礼を言いたいからね。後で上着はジョスに取りに行かせるから。そうだな、休み明け君を迎えに行った時にでも持って行くよ。勿論、構わないよね？」

「えっと、はい。それは構いませんが……」

クラウスの意図が分からず頭に疑問符を浮かべているルーフィナに「お茶にしようか」と声を掛けクラウスは笑んだ。

# 第五章　共同作業と初デートと

休み明けに学院に行くと、唐突にベアトリスから席を交換して欲しいと言われた。彼女の隣はリュカなのだが、まだ仲違いしたままらしい。寧ろ席まで移動したいなど悪化している気がする。

「ベアトリス、席なら僕が替わるよ」

どうするべきかと戸惑っていると、ルーフィナの隣の席のテオフィルが自ら進んで席を替わると申し出た。

「テオフィル様、宜しいんですか？」

「構わないよ。ただ喧嘩もほどほどにね」

優しくそう諭すと自分の荷物を手早く纏めて席を移った。流石テオフィル、良い人だ。

「ベアトリス様、リュカ様とは……」

「あんな方知りません」

チラリとリュカの方を見れば彼もまた丁度こちらを見ていた。ベアトリスと目が合うと互いに顔を背ける。これは確実に悪化している。また何かあったに違いない。

昼休みガゼボの椅子にはルーフィナとベアトリスが座り、中庭の端っこの木陰にテオフィルとリュカの姿があった。ベアトリスとリュカは互いにチラチラと様子を伺い、かなり意識しているのが分かるが目が合うと分かり易く顔を背ける。

「実は先日、夜会に参加したらリュカ様が現れたんです」

あんな事があった直後でも夜会に参加するベアトリスの根性が凄過ぎる……。てっきり暫く自粛すると思っていたのにとルーフィナは苦笑した。

「私も、もう子供ではありませんので謝って頂けたらそれで許すつもりでした。なのに……」

『へぇ、隣の彼が噂のお金持ちな旦那様候補？　凄く紳士的で美丈夫だね。外見も中身もお子様なベアトリスとはまるで真逆だねー。全然釣り合ってないよ。やっぱり遊ばれてるんじゃない？　じゃないと君なんて相手にしないって。あぁそれとも……幼女趣味《ロリコン》なんですか？』

「本人の目の前でそんな風に仰ったんですよ！　信じられますか!?　お陰で次のお約束もせずにザームエル様は先にお帰りになってしまわれて……。全部、全〜部！　リュカ様のせいです!!」

頭を冷やすと言っていた割には結構な悪態を吐いたらしい。謝るどころか逆に火に油を注いでいる。それに本人を目の前にして幾ら何でも失礼だ。だが腑に落ちない。ベアトリスの事が心配だったのかもしれないが、普段リュカは仲間内以外では割と礼儀正しい。まして初対面の人にそんな態度を取るなんて……彼らしくない。いったいどうしてしまったのだろう。

放課後になりそれぞれ分かれて下校する。教室の前と後ろの出入り口でタイミングが重なったベアトリスとリュカは、互いに目が合うとやはりあからさまに顔を背けた。

「折角お金持ちな旦那様を捕まえられそうでしたのに……水の泡です!!」

「元気出して下さい。きっとまた素敵な……お金持ちな方が現れますよ」

「ゔぅ〜」

「えっと、その……ザームエル様はお幾つだったんですか？」

唸る彼女に気の利いた言葉が思い浮かばず、口が滑り話を蒸し返してしまった。ルーフィナは焦るが、意外とベアトリスはあっけらかんと答える。

「えっと、確か三十五歳だった筈です」

「三十五歳……」

想像していたよりもずっと歳上だった事に驚いてしまう。そんなに歳上の男性と交流しても物怖じしないベアトリスが凄い。寧ろ積極的なくらいだ。

最近はだいぶ慣れてきたが、自分などクラウスと接するようになった当初は戸惑いや緊張からか上手く話す事すら出来なかったのに……。

「ルーフィナ」

今日は正門の前にクラウスの姿があった。普段と変わらない様子に見えるが、病み上がりなのに大丈夫なのだろうかと心配になる。

「お待たせしました」

「あれ、彼は一緒じゃないのかい？」

「えっと……テオフィル様でしたらあちらに」

絶妙な距離を保ちながら後から歩いて来るテオフィルとリュカを振り返ると、クラウスは眉を上げた。何時も四人一緒だったので疑問を抱くのは当然だ。

「ルーフィナ、少し待っていて」

「え、侯爵様？」

そう言ってクラウスはテオフィル達のもとへと行ってしまった。彼の手に布の包みが見える。多分あれはテオフィルの上着だろう。

理由は分からないが、クラウスとテオフィルは余り相性が良くないみたいなので少し心配になった。


「やあ、テオフィル君」

テオフィル達は歩いて来るクラウスに気付き足を止めた。和やかに微笑み掛けると彼もまた同じように返してくる。

「これはヴァノ侯爵殿、今日はお迎えにいらしたんですね。先日はお見えにならなかったので、てっきりもう飽きられてしまったのかと思っておりました。……それで僕に何かご用でしょうか？」

いきなり挑発的な発言をする彼は何処か余裕があるように見えた。高々彼女を屋敷に送っただけで優位に立ったつもりだろうか。

「その先日の事で君に礼を言いたくてね。ルーフィナから聞いたよ。屋敷まで送り届けてくれたらしいね。夫として心から感謝しているよ。それと上着を借りたみたいだから、それを君に返しに来たんだ」

「っ！」

「ありがとう」

布の包みを解き上着を取り出すと、目を見張っているテオフィルの手を取りそれを握らせた。

「君のお陰でルーフィナは風邪を引かずに済んだ。今回の事は僕に非があるので次からは気を付ける事にするよ。だから君も次からは軽率な言動は控えた方が良い。夫のいる女性に上着を貸して暫く預かって欲しいなどと余り褒められた事ではないんじゃないかな。僕は気にしないけど、世の中には心の狭い人間もいるという事を覚えて置いた方が賢明だよ」

「それは申し訳ありませんでした。直々にご助言を頂きありがとうございます。ですが……八年も放って置いて、今更夫面するのも如何なものかと僕は思いますが」

「っ……」

テオフィルはクラウスを見据える。彼と初めて対面した時は自信に満ちた挑戦的な目をしていたが、今はまるで親の仇でも見るかのような目をしていた。

「貴方みたいな人が夫など、彼女が不憫です」

「テオフィル」

「リュカは黙っていて欲しい。これは僕の問題だ」

隣にいるリュカの制止も聞かずテオフィルは話を続ける。だいぶ興奮しているようだ。

「僕なら彼女を幸せに出来ます」

「今のルーフィナは不幸だと言いたいのかい」

「さぁ、どうでしょうか。それは彼女しか分からない。でも少なくとも僕の考える幸せからはほど遠く思えます。家族は一緒にいるべきです」

「……成るほど。君は随分と大切に育てられたんだね」

「それは、どういう意味ですか」

「君には理解出来ないよ」

怪訝そうな表情を浮かべるテオフィルにクラウスは嘲笑する。

「それで、君は何が言いたいんだい？　ルーフィナを幸せに出来るんだろう？　それで？　彼女は僕と結婚しているんだ。君はどうやって彼女を幸せにするつもり？」

「それは……」

「どうやら口先だけのようだね、話にならない」

言い淀むテオフィルに、クラウスは踵を返した。これ以上は時間の無駄だ。

「ヴァノ侯爵殿」

背中越しに声を掛けられたクラウスは足を止め振り返る。予想以上にしつこい。

「もしも、ルーフィナが自ら貴方のもとを去りたいと言ったらどうしますか」

「……その時は、彼女の意思を尊重する。まあ、そんな日は来ないけどね」

鼻を鳴らすとテオフィルは顔を歪ませた。今度こそ踵を返し立ち去ろうとすると、何故かルーフィナがこちらに向かってとてとてと駆けて来るのが見えた。もしかして待ちきれずに迎えに来たのか……？　そんな風に考えると頬が緩んでしまう。クラウスは慌てて口元を手で覆った。

「ルーフィナ、待たせ、た……ね……」

すかさず手を差し出すが、何故か彼女は通り過ぎて行った。

「……は？」

クラウスは目を見張り一瞬そのまま固まるが、直ぐに我に返り勢いよく振り返る。

「テオフィル様、渡し忘れるところでした」

「ルーフィナ……どうしたんだい？」

「実は昨日、侍女《マリー》と一緒にクッキーを焼いたんです。上着をお借りしたお礼になるかは分かりませんが、良かったら食べて下さい」

鞄の中から小さな包みを取り出すと彼女はテオフィルに差し出した。

「僕が貰っても、いいの？」

「勿論です」

包みを受け取り至極嬉しそうにするテオフィルの様子にクラウスは苛っとする。

そもそも夫である自分を差し置いて、手作り菓子を他の男に贈るなどあり得ないだろう⁉

クラウスは帰りの馬車でそれとなくルーフィナに手作りクッキーを強請ってみたが「侯爵様はまだ病み上がりなのでお菓子などは控えた方が良いと思います」と言われた。


屋敷に帰ると直ぐに自室へと向かい、部屋に入るなり手にしていた上着をベッドに放り投げた。

『諦めなさい』

『ですが、お見合いは多数申し込まれていると耳にしております』

『それは礼儀知らずな不届者達がしている事だ。確かに以前から白い結婚だなんだと言われてはいるが、彼女が結婚している事実に違いない。そんな女性にお見合いを申し込むような恥知らずな事は出来る筈がないだろう』

少し前、父にルーフィナとのお見合いを申し出た。だが父には諦めろの一点張りでまともに取り合って貰えない。父の言っている事は正論で、それが正しい事などテオフィルだってよく分かっている。だがそれでもわずかに可能性があるならばそれに縋りたい。もしかしたら釣書を見た彼女が応えてくれるかもしれないなどと淡い期待を抱いてしまった。

『それで、君は何が言いたいんだい？　ルーフィナを幸せに出来るんだろう？　それで？　彼女は僕と結婚しているんだ。君はどうやって彼女を幸せにするつもり？』

何も言えなかった。それに結局御託を並べたところで今の自分ではどうする事も出来ない。不甲斐ない自分に嫌気がさす。

お見合いが無理ならば、いっその事彼女に直接想いを打ち明けようか……。ダメだ、そんな不誠実な事は出来ない。彼女は結婚しているんだ。お見合いだって変わらないかもしれないが、意味合いがまるで違う。それではただ不貞行為をしたいだけだと彼女に思われてしまう。

「どうして今更……」

八年もの間、見向きもしなかった癖に――。

彼女を好きだと自覚したのは何時頃だっただろう……。

出会った時から好感は持っていた。初めはただただ彼女の言動が愛らしいと感じていた、それだけだったと思う。それが何時の間にか何処か危なっかしくて目が離せなくなって、気付けば護ってあげたいと思うようになっていた。でも彼女は既婚者でどんなに想っても手に入れる事は出来ないのだと分かっていた。だがその一方で淡い期待を抱いていた事は否定出来ない。

何故ならルーフィナと侯爵の白い結婚は周知の事実であり、その内離縁するのではとさえ噂されていたからだ。その為、既婚者であるにもかかわらず以前から彼女には見合い話がきていた。ただ彼女自身は余り関心がない様子ではあった。だからだろうか……自惚れてしまっていた。ルーフィナに一番近しい異性は自分であるのだと勝手に思っていた。彼女を護る騎士にでもなったつもりだったのかもしれない。事実、彼女に言い寄ってくる男達を何度となく追い払ってきた。だが流石に夫は無理だ。寧ろ立場的に追い払われるべきは自分だ。滑稽過ぎる。でも諦められない。

「本当に君が、好きなんだ……」

力なく椅子に凭れ掛かりポケットからある物を取り出した。

先ほどルーフィナから受け取った小さな包みを開けると中からは愛らしい花の形のクッキーが出てきた。一枚摘み上げ一口齧るとバニラの香りが口の中に広がった。彼女お手製のお菓子だ。きっとあの後、彼にも渡したのだろう。いや寧ろ彼の為に作ったのかもしれない。自分は彼のおこぼれを貰ったに過ぎない。

彼女は優しいから……。

だからずっと自分の事を放置してきた夫ですら寛大にも受け入れ仲良くしている。本来あるべき姿に段々と近付いてきているのを日々感じていた。このままだとルーフィナは彼に絆され手の届かない存在になってしまう。

（でも、僕にはどうする事も……）

いや、そんな事はない。以前クラウスには愛人がいるのだとルーフィナが話していた。あの時はただただ腹が立って感情に任せて彼女に離縁を勧めたのだが、彼女はいまいちピンときていない様子だった。それなら向こうに働きかける方が効果があるかもしれない。

テオフィルは早速クラウスの愛人を調べる事にした。

クラウスは自邸の執務室で朝から溜まっている仕事を片付けていた。

「……」

今頃ルーフィナは何をしているだろうか……。

今日は学院が休みなので屋敷でのんびりと過ごしているかもしれない。

試験が終わったといえ勉強など日々の積み重ねなのだから気を抜かないようにと本人には伝えてあるが、正直怪しい。勉強もせずあの黒い毛玉と遊んでいる姿が目に浮かぶ……。

息抜きは確かに必要だが、彼女の場合逆転している気がする。もう少し厳しくした方が良い。ただあの屋敷の使用人達はルーフィナにやたらと甘いのでそういった意味では役に立たないだろう。ジルベールなど、クラウスが子供時代にはかなり厳しかった癖にルーフィナには滅法甘い。彼ならば信頼も出来、確り教育するだろうと思ったからこそ本邸から別邸へとわざわざ異動させたのに逆に甘やかしてどうするんだと言いたいが、八年もの間放置していた自分が言えた義理ではない……。

まあ勉強の事は抜きにしたとして、元々そうだったのか環境が影響したかは分からないがルーフィナは真っ直ぐで良い子に育っている。少し……いや、かなり鈍くて抜けてはいるがそこもまあ可愛……。

「――って、仕事中に僕はいったい何を考えているんだ！」

クラウスは誰もいない執務室で一人叫んだ。

最近気を抜くと直ぐにルーフィナの事ばかりを考えてしまう自分がいる。自覚はしているが、かなり重症だ。

『僕なら彼女を幸せに出来ます』

「っ――」

それに時折あの男の事を思い出しては苛々としてしまう。

ポキッと音を立ててペン先が折れた。

（別に気になんてしていない……）

相手は公爵令息だとしても所詮青二才だ、何も出来やしない。精々父親に泣き付く程度だ。

だがモンタニエ公爵は聡明な人だ、まともに取り合う事はしないだろう。

（でも、もしルーフィナが離縁したいと言い出して、更には彼と結婚したいなどと言ったら……）

知る限りかなり仲は良い。幾らお礼だといえ先日も手作りクッキーをあげていた。夫の自分にはなかったのに…………。

「失礼致します。クラウス様、お客様がお見えです」

暫し意識を飛ばしていたが、クラウスはジョスの声に我に返った。

二人分のお茶を淹れたジョスが下がり執務室には二人きりとなった。

クラウスはソファーに座る彼女を見て内心ため息を吐く。用件は聞かずとも分かっている。

「それでカトリーヌ、今日はどうしたの？」

「そんな事聞かなくても分かっているでしょう」

普段と変わらぬ様子の彼女は、優雅にカップに口を付ける。

「最近貴方、忙しいって言って全然社交の場に顔を出していなかったでしょう？　でも流石に今度のドーファン家の夜会には参加するのよね？」

「あぁ、そのつもりだよ」

「……彼女を、同伴させるのでしょう」

「そうだね」

「っ……」

まだ先の話だが、来月末頃にラウレンツの生家である公爵家で夜会が開かれる。暫く社交界からは足が遠のいていたが、友人の生家が主催とあらば行かないわけにはいかない。

クラウスがカトリーヌからの質問に淡々と答えると、彼女は目に見えて機嫌が悪くなるのが分かった。

「あぁそう、まあいいわ。今回は仕方ないけど、でも次からは私を優先してね」

昔から割と我が強いタイプではあったが、流石にここまでではなかった。コレット主催のお茶会以降暫く顔を合わせていなかったが、あの時も様子がおかしかったように思う。あれからしつこく何度も夜会への誘いを手紙で貰っていたが、クラウスは全て断っていた。

「カトリーヌ、手紙にも書いたと思うけどこれからはルーフィナを同伴させるから君と一緒に行く事は出来ない。後こうやって屋敷に来るのも、悪いがこれで最後にして欲しいんだ」

「い、嫌よ！　どうして突然そんな酷い事を言うの⁉」

ティーカップを勢いよくテーブルに置くとカトリーヌは席を立ちクラウスへと詰め寄る。彼女が仕事机に手をついたのでその衝撃で書類が何枚か床に散らばってしまった。その事に深いため息を吐く。

「ルーフィナは君を僕の愛人だと思っている。これからは誤解をされる行動は控えたい」

カトリーヌとは誓ってやましい間柄ではないが、これ以上彼女に誤解される言動はしたくない。その為には社交の場でのパートナー云々だけでなくカトリーヌとは二人だけで会わない方が良いだろうと判断した。ただあくまでも彼女は友人である為、縁を切ろうとは考えていない。社交の場で顔を合わせればこれまで通り雑談の一つや二つする事もあるだろう。カトリーヌにも手紙でその事は伝えてあった筈なのだが、どうやら不満らしい。

「別にやましい事なんてないんだから堂々としてれば良いじゃない。もしかして奥様に何か言われたの？」

「彼女は何も言ってないよ。ただ僕がそうしたいんだ」

納得がいかない顔でカトリーヌは唇を噛み締め睨んでくるが、クラウスが応じる事はない。

「……ねぇ、いいの？」

「何がだ」

「そんなに私を邪険に扱って……。マリウスが悲しむわ」

「っ……」

久しく耳にしていなかった彼の名に心臓が跳ねた。クラウスは眉根を寄せ拳を握り締める。

「すまない……。もしパートナーが必要なら僕が責任を持って君に相応しい人物を探してくるから」

「違うわ、そうじゃない。私はクラウスがいいの！　だって貴方なら私の気持ちを誰よりも分かってくれているでしょう。八年前、大切な夫を亡くした傷はまだ癒えていない。彼だって親友の貴方が私をそばで見守ってくれていたら安心する筈だわ。でももしこのまま私を見捨てるというなら、貴方の大切な親友を悲しませる事になるのよ⁉　それでもいいの⁉」

カトリーヌが喚いている中、気が遠くなるような気がした。気付いた時にはカトリーヌはもう部屋からいなくなっていた。


カトリーヌが帰った後、気が付いたらルーフィナの屋敷に足は向いていた。

「こんにちは、侯爵様」

出迎えたのはジルベールで、通されたのは何故か厨房だった。中に入るとヒラヒラのエプロンを身に付け髪を一つに縛り上げたルーフィナの姿があった。思わず目を見張る。

「あ、その……突然、すまない」

約束をしていたわけでもないにもかかわらず、彼女は嫌な顔などせずに和やかに挨拶をしてくれた。その笑顔に、不思議と安堵感に包まれる。

「いえ、大丈夫です。それで何かご用ですか?」

「いや……」

「?」

口籠るクラウスに小首を傾げてルーフィナは見ている。何か言わなくてはと思うが言葉に詰まる。

適当に取り繕えば良いだけの簡単な事が何故か今は出来ずにいた。

「……」

「実は今、マリーと一緒にクッキーを作っているんです」

黙り込んでいると、ルーフィナからそう言われた。

彼女の後ろにある作業台へと視線を向けると小麦粉や卵、砂糖などが置かれている。

「へぇ……」

またテオフィルにでも渡すのだろうか……。ぼんやりとそんな風に思った。

「先日、侯爵様は食べられなかったのでまた作ろうと思ったんです。それで本当は明日お渡しするつもりだったんですけど」

「え、僕の為に……」

意外なルーフィナの言葉にクラウスは呆然とする。だが無性に嬉しい。顔に出さないように努めるが、口元が緩むのを感じ慌てて手で隠した。

「はい。でもやっぱりやめます」

「え……」

喜んだのも束の間……天国から地獄というには少し大袈裟かもしれないが、そう思うほどに衝撃だった。

クラウスは馬鹿みたいに口を半開きにして彼女を見る。

「はい、どうぞ」

「あ、あぁ……？」

何故かルーフィナから泡立て器を差し出されたので反射的に受け取ってしまったが、困惑を隠せない。

「折角なので侯爵様も一緒に作りましょう」

「は？　え、僕が？」

「はい」

至極当然とばかりに返事をされたクラウスは戸惑う。確かにルーフィナからクッキーを貰いたいとは思っていたが、いったい何がどうなれば一緒に作るという発想になるんだ!?

「いや、僕は調理とかは全くした事がないから……」

「でしたら丁度良いですね！　何事も経験あるのみです！」

断ろうとするが彼女に押しきられてしまう。

まさかワザとではないだろうな……そう疑いたくなる。勉強の仕返しだったり……無きにしも非ずかもしれない。普段より少しテンションの高いルーフィナを見てそう思った。だが張り切って小さな拳を握り締める姿は可愛い……。

（まあ良いか。僕は大人だからね、付き合ってあげよう）

「侯爵様、材料は一度に入れてはダメです！　卵は三回に分けて入れて下さいって先ほど言いました」

まあ仕返しといっても相手はルーフィナだ。可愛いものだと思ったのも束の間……自分の考えが甘かったとクラウスは思い知る。

予想外にルーフィナはスパルタだった。

「ルーフィナ様、本日はハート型で如何でしょうか」

「マリーありがとう。お花も可愛かったけど、ハートも可愛い」

クラウスは指示された通り生地を伸ばしながら、ルーフィナを盗み見るととても楽しそうに笑っていた。

何だか良いように使われている気がする……。

（どうして僕が小間使いみたいな真似を……）

「侯爵様、上手です！」

ハート型で生地をくり抜くと、ルーフィナが褒めてくれた。まさか自分が菓子作りをする日がくるとは夢にも思わなかったが、意外と悪くないかもしれない。

「まあね、これくらい簡単だよ」

ワフッ。

少し調子に乗ってそう言うと厨房の外で待機していたショコラに鼻で笑われた気がした。相変わらず腹の立つ犬だ。

鉄板にくり抜いた生地を並べていき、窯に入れた。後は焼けるのを待つだけだが……。

「そっちは何？」

「これはショコラ用です。お砂糖を使えないので、代わりに蜂蜜を使用します」

「へぇ……」

あんな犬にまでクッキーを作るなんて律儀な事だ。まあそんなところも彼女の良いところかもしれない。

「なら僕も手伝うよ」

「ありがとうございます」

以前リンゴの皮を剥いて貰った時は超絶不器用だと思ったが、今日の様子を見ると意外にもそんな事はなかった。たまに手付きが怪しい事もあるが、許容範囲だろう。

(これは、化けるかもしれないね)

勉強を教えた時に感じたが、ルーフィナはやれば出来るタイプではあるので後は本人のやる気と環境が整えば問題ない筈だ。

以前ドーファン家のお茶会に彼女を伴い参加した時は、礼儀作法などに問題はなかった。無論基本的な所作法はジルベールの監視のもと身に付けているので当然だ。ただ普段の彼女はまだまだ子供でたまに心配になる時がある。性格もおっとりしており何処か抜けている。考え方も甘く幼い。正直、侯爵夫人としては未熟だ。でもそれは彼女が悪いわけではない。環境がそうさせた。

(僕が悪い)

あの日、彼女に背を向けた自分のせいだ。

そんな事をぼうっと考えていると不意に彼女に笑われた。

「ふふ」

「何？」

「侯爵様、お鼻に粉が付いています」

「っ!?」

指摘されたクラウスは慌てて鼻に手をやるが、自分の手が粉まみれだったのに気付きそのまま固まる。

「なっ……」

どうする事も出来ず戸惑っていると、彼女が布巾で軽く払い落としてくれた。

「はい、取れました」

背の低いルーフィナは背伸びしてクラウスの顔へと手を伸ばしていた。かなり距離が近くなり、らしくないが気恥ずかしくなってしまう。

「す、すまない……」

「いいえ」

そうこうしている内に、先ほど窯に入れたクッキーが焼けたとマリーから声を掛けられた。

向かい合い席に着くと、ジルベールがお茶を淹れる。そのタイミングで、先ほど焼き上がったばかりのクッキーをマリーが持って来た。

「お疲れ様でございます。本日はまた一段と良作でございますね」

「侯爵様が手伝って下さったお陰です」

ジルベールがニコニコとしながらルーフィナを褒める姿に思わず苦笑する。やはり彼女には甘い。顔に締まりがないと呆れるばかりだ。

皿の上に大きなハートが一枚と小さなハートが複数枚綺麗に並べられている。端っこは少し焦げているが、まあ悪くない出来栄えだろう。

「大きなハートは侯爵様にあげます」

「僕が貰ってしまって良いのかい？」

「はい、元々そのつもりだったので」

「そう、なら有り難く頂くよ」

だがルーフィナが笑顔でクラウスへとクッキーを差し出した瞬間……。

「あ……」

「あ……」

大きなハートは真ん中から真っ二つに割れてしまった。

一瞬にして微妙な空気が漂う。

「す、少し、大き過ぎたのかもしれませんね」

すかさずマリーがフォローを入れる。そして気不味そうに笑った瞬間、足元でおやつを待っていたショコラがワフッと憎たらしく鳴いた。

「……」

クラウスは手を出した状態のまま気不味くなり動けない。彼女を見れば少し落ち込んで見えた。あんなに一生懸命に作っていたのだ、当然だ。

「丁度良い、半分にしよう」

「え……」

「僕が少し大きい方を貰ってもいいいかい？」

「はい！」

目を丸くした後、はにかむルーフィナにクラウスも自然と頬が緩む。

少しだけ大きい片割れを受け取ったクラウスはそのまま齧り付いた。

生まれて初めて作ったクッキーは、少し苦くて甘かった。だが今まで食べたどんな食べ物よりも美味しいと感じた。不思議だ。

「ショコラにも今あげるからね」

大きな尻尾をブンブンと振りながら何故かクラウスを見てくる。

「もしかして侯爵様から貰いたいの？」

ワフッ!!

「は……？」

（この毛玉……いったい何を企んでいるんだ）

ルーフィナの手前、クラウスは渋々犬用のクッキーをショコラへと差し出すが何故か食べに来ない。

「……」

ワ～フ。

その場から微動だにせず、大きな口を開けて待っている姿に苛っとする。仕方なく立ち上がり口の中に放り込んでやると満足そうに食べた。

（此奴、僕の事を下僕とでも思っているのか!?）

「ショコラは侯爵様の事、好きみたいです」

ワフッ!!

勘違いをしているルーフィナに、クラウスは脱力をした。

「そういえばご褒美何にするか決めたかい？」

「ご褒美ですか？」

「言っただろう、勉強を頑張ったご褒美をあげるって」

彼女はすっかり忘れていたらしく「あ……」と小さな声を洩らした。その様子に苦笑する。

「えっと……」

「何か欲しいものはないのかい？　何でも良いよ」

クラウスの問いかけにルーフィナは俯き加減になると、暫く黙り込み真剣な表情を浮かべ悩み始めた。根気強く待っていると不意に顔を上げ口を開いた。

「ありません」

「は……」

胸を張りハッキリとそう言われ、予想外な言葉に思わず間抜けな声が洩れてしまう。

「衣食住、全て間に合っていますので問題ありません」

「いや問題ないって……」

唖然とするクラウスとは対照的に、そばで控えていたジルベールやマリーはクスクスと笑った。

「ルーフィナ、ご褒美ってそういうものじゃないだろう」

目を丸くして小首を傾げる姿に今度はクラウスも笑ってしまう。全く、欲のない事だ。

清浄無垢、彼女にはこの言葉が相応しい。その瞳は青く澄んで美しく目が離せなくなる。

「ルーフィナ様、このような場合は何か強請るのが淑女の嗜みというものです。男性側に恥をかかせる事になってしまいます」

見兼ねたマリーがルーフィナのそばに寄り耳打ちをしたが、距離が近いので丸聞こえだ。その瞬間、彼女はハッとした表情となり眉根を寄せる。

「で、では……」

「うん」

「ショコラの玩具をお願いします」

ワフ？

無数の選択肢の中からルーフィナが選んだのはまさかの犬の玩具だった。

名前を呼ばれたショコラは顔を上げ不思議そうに彼女を見ている。

「ダメですか？」

「いやダメではないけど……」

上目遣いでそんな風に言われたら却下など出来ないが、内心は納得がいかない。何故彼女へのご褒美に、この憎たらしい犬の玩具を買い与えなくてはならないのか。まあそれで彼女が喜ぶなら仕方がないが、癪だ。

「ありがとうございます。ショコラ、良かったね！　侯爵様が新しい玩具を用意して下さるって」

ワフ！

その瞬間、ショコラは立ち上がるとクラウスへと擦り寄り嬉しそうに吠えた。犬の癖に現金な奴だと呆れるが、まあ悪い気はしない。玩具の一つや二つくらい買ってやっても良いかという気持ちになる。

「ルーフィナ、ではこうしようか」

「？」

「次の休日に一緒に出掛けて、その時にショコラの玩具を選ぼう」

「え……」

「僕と出掛けるのは嫌かい？」

「い、いえそんな事はありませんが……」

「なら決まりだね」

有無を言わせず話を強制終了するが、彼女は不服そうにしている。故にズルいが断られない内に退散しようとクラウスは早々に席を立った。

馬車に乗り込みひと息吐く。

別邸にやって来た時は気持ちが暗く沈んでいたが、今は気が楽になった。それどころか気分が良いくらいだ。無意識だったが彼女に会いに来て良かった。ただまさか菓子作りに付き合う事になるとは自分でも驚きだ。だが思いの外楽しかったし、クッキーも美味だった。それに何よりも彼女と出掛ける約束を取り付けた。

ご褒美に彼女はショコラの玩具がいいと言っていたが、それではクラウスの気が済まない。ルーフィナが望むなら犬の玩具など幾らでも用意してやる、だが彼女が努力した事への恩恵は彼女自身が受けるべきだと考えている。いっその事、適当にクラウスが見繕えば良いかとも思ったが、どうせなら彼女が望んだものを贈りたい。ならばルーフィナを買い物に連れ出してしまえば手っ取り早い。まあ半分本音で半分は彼女と出掛ける為の口実なのだが……。

後日、何となしにジョスにルーフィナと出掛ける話をすると「デートですか」と聞かれクラウスは赤面した。そして「そうか、これはデートになるのか……」と呟いた。


赤と白の動き易いドレスに着替えて、何時ものリボンを髪に結んだ。

ルーフィナは朝から迎えに来たクラウスと共に馬車に乗り込む。向かい側に座るクラウスを見れば別段普段と変わった様子はない。違う事といえばそのラフな格好くらいだ。群青色の長い外套とシャツにベスト、ズボン、膝下までのブーツを着用しており、アイテムだけ挙げれば然程変わらないように見えるが、ルーフィナと同じで普段と比べ格段に動き易そうだ。それに彼の隣に置かれている木製の大きめのバスケットも気になる。

何故二人共にこのような格好をしているのかというと、実はルーフィナにもよく分からない。先日、クラウスと一緒にクッキーを作りその後お茶をしたのだが、その際にご褒美の話から何故か一緒に買い物に出掛ける事になり、更に後日、当日の服装を指定された。

「侯爵様」

「何？」

「どちらへ向かっているんですか？」

「ショコラの玩具を見るんだから、玩具屋だよ」

当然のように答えるクラウスにルーフィナの疑問は益々深まる。玩具屋に行くのに何故動き易さが必要なのだろうか。もしかして玩具屋を全力で楽しむ為とか……？

クラウスが満面の笑みを浮かべ玩具を手に子供のようにはしゃぐ様子を思い浮かべ思考が停止する。

(怖過ぎる……)

「ルーフィナ、降りるよ」

下らない妄想をしている間に馬車は街中のある店の前で止まった。

窓から外を確認するとアプリコット色の外壁が見える。クラウスに手を引かれ馬車から降りると、木で出来た愛らしい天使の人形が吊るされている扉から中へと入った。すると店内には何人ものお客の姿がありルーフィナは緊張から思わず立ち止まった。

実は街へ来るのはこれが二度目で、以前クラウスのお見舞いに行く道中で花屋に立ち寄った時以来だ。

まだ両親が生きていた頃も今の屋敷に移り住んでからも必要な物は全て使用人が用意してくれている。なので基本的にルーフィナの行動範囲は屋敷や学院、友人や知人の屋敷くらいだ。馬車で通過する事はあっても降りたりはしない。それ故クラウスから出掛ける提案をされた時は、正直楽しみよりも不安が勝っていた。

「ほら、突っ立ってないで行くよ」

「すみません」

怒られた……。呆れ顔のクラウスの後を慌てて追いかけた。

「大きい……」

店内には所狭しと棚や床に木製の人形、積み木、縫いぐるみに木馬などの玩具が置かれている。そんな中である物に目を奪われた。

白くてふわふわで持ち上げてみれば自分と大差ないくらいの大きさだ。そして兎に角……。

(可愛い～!!)

こんな大きさの縫いぐるみは見た事がない。これは絶対に欲しい。きっと大きなお友達にショコラが喜ぶ事間違いなしだ。ついでにルーフィナも嬉しい。

ルーフィナは犬の縫いぐるみを抱き締めながら何時の間にか逸《はぐ》れてしまったクラウスを探す。つい先ほどまで近くで眉間に皺を寄せながら棚を眺めていた筈なのに何処にもいない。すると背の高い棚を曲がった時、ようやくクラウスを見つけたが、そこで急に冷静になった。

(どうしよう……。これが良いけど、流石に怒られそう……)

振り返った彼と目が合った。

今日はとある事情からルーフィナには動き易い服装を指定した。すると彼女は赤と白の膝丈のドレスを着て来た。少し幼く見えるが、まあ似合っているので構わないだろう。……悪くない。

最初の目的地である玩具屋に到着し店内を適当に見て回った。店内には複数の客の姿があり、各々終始楽し気に品物を選んでいる。

（親子連ればかりだな。それにしても……）

クラウスは目に付いた適当な縫いぐるみを手に取ると持ち上げた。

あの毛玉の好みが全く分からない、だが考えた所で分かる筈もない。悩むだけ無駄だろう。

（まあ縫いぐるみといえばクマだろう）

それにこんな場所で時間を取られたくない。たまたま手にしていた黒いクマの縫いぐるみを見てこれでいいかと店員に声を掛けた。

（そういえば、ルーフィナは……）

クマの縫いぐるみを包んで貰うと再び店内をぶらつきながら彼女の姿を探す。

店に入った後、彼女は目を輝かせながら夢中で棚を見ていた。何度か声を掛けてみたものの生返事ばかりで完全にクラウスの存在は忘れられている。これは時間が掛かりそうだと思い、先に選んでしまおうと別行動にした。

暫くルーフィナを探していた時だった。棚の陰から大きな縫いぐるみを抱えた彼女が出て来た。

「あ、あの……」

「……」

白く大きな犬の縫いぐるみを抱き締めているルーフィナは、少し困り顔の上目遣いでこちらを見ている。クラウスはその余りの大きさに呆気に取られてしまう。

「随分とまた大きい物を探してきたね」

「……」

「それにするのかい？」

「ショコラが喜びそうだと、思ったんですけど……」

「君が欲しいんじゃなくて？」

「⁉」

その瞬間、どうやら図星だったのか彼女は分かり易く目を見開いた。

「やっぱり返してきます！」

慌てて踵を返す彼女は見るからにうなだれ、その後ろ姿はまるで小動物を彷彿とさせる。もし頭に獣耳でも付いていたならば、きっと垂れ下がっているに違いない。そんな風に考えると無性におかしくなり笑ってしまいそうになる。

「え……侯爵様⁉」

彼女の腕の中から縫いぐるみを取り上げると、思っていた以上に確りと抱いていたらしく彼女ごとくっ付いてきた。

「す、すまない」

少しよろけたルーフィナの身体を支える。

「いえ、大丈夫です。でも……」

「さっきのは冗談だよ。きっとショコラも気に入るよ」

その瞬間、彼女の表情は花が咲いたように明るくなった。

ショコラ用は既に購入済みだが今は黙っている事にして、クラウスはその縫いぐるみを購入した。

馬車に乗り込み次の目的地を目指す。次はルーフィナのご褒美を買うため香水専門店に向かっている、という事は彼女には秘密だ。

(それにしても、随分と気に入ったみたいだね)

犬の縫いぐるみを座席に置く事もせずにちゃっかり抱き締めているルーフィナに無意識に頬が緩んでしまう。

「ねえ、ルーフィナ」

「はい」

ふと先ほどの彼女の言動が気になった。

「どうしてその縫いぐるみを戻そうとしたんだい？」

そもそも欲しいなら欲しいと素直に言えば良いのにと思う。別に無理にショコラ用にする必要もないだろう。他にも幾らでも品物はあった筈だ。

「……大きかったので、侯爵様に怒られるかもと思いまして」

「……」

理由を聞かされてもいまいち理解不能だった。何故大きいと自分が怒るのか……余計に分からなくなった。

「きっと良いお値段なので」

「は……？」

ルーフィナの妙な物言いに呆気に取られた。

良いお値段？　何だそれは。まさか縫いぐるみ一つで渋ると思われていたのか!?　流石に情けなさ過ぎるだろう。これでは甲斐性なし、いやただのケチな夫だ。

ルーフィナがクラウス延《ひ》いてはヴァノ家をどのように認識しているかは知らないが、縫いぐるみ一つで傾く筈がない。自慢ではないがヴァノ家はそれなりに裕福だ。妻に贅沢させるくらいには困っていない。いったい誰がそんなしょうもない事を彼女に吹き込んだんだ。

「ルーフィナ、その言葉遣いは誰に教わったんだい？」

内心、苛っとするが極力穏やかに聞いた。

「ベアトリス様からお金は命の次に大切なものと教わりましたので、それで散財は良くないと……」

ベアトリス……何時も一緒にいる友人か。ルーフィナとの会話にも事あるごとに登場する。確か子爵令嬢でお金持ちな結婚相手を探しているとかなんとか。その話からして、ベアトリスの生家が余り裕福ではない事が分かる。まあお金は生命線ではあるので間違いではないが、だからといって幾ら何でも極論過ぎるだろう。全く、彼女に余計な事を教えないで欲しい。

「成るほどね。確かに散財は良くない事だけど、今回は君が努力した事へのご褒美なんだから遠慮する必要はない。それにヴァノ家は大きな縫いぐるみ一つや二つで困るほど困窮はしていないよ」

侯爵夫人ならばあの犬の縫いぐるみが何個も買えるくらいの宝石を強請るくらい普通の事だ。友人の話は兎も角、これまで放置はしてきたが金銭的に困るような生活はさせていない筈だ。

「まあいい。それより着いたみたいだね」

香水店、雑貨屋、靴屋に帽子屋と次々に回ったが、どの店でもルーフィナの反応はいまいちだった。気を遣っているのかそれなりに楽しそうにはしていたが、玩具屋の時のような反応は見られない。

「こちらなど如何でしょうか、愛らしい奥様にはやはりこのルビーがお似合いかと」

次に立ち寄ったのは宝石店だった。

店主からああでもないこうでもないと執拗に説明を受けていると彼女は困り顔になる。クラウスは内心慌てて店主を追い払った。その後は適当に宝石を見て回ったがやはり反応が余り良くない。諦めて店を出ようとした時、ふと視界にあるものが入った。

「ルーフィナ、悪いが先に馬車に戻っていてくれるかい」

そう声を掛けたクラウスは踵を返し、再び店内へと戻った。

現在の正確な時間は不明だが、恐らく昼を少し回ったくらいだろう。

ショコラの玩具を買う目的は果たしたが、クラウスから「もう少し僕に付き合ってくれないかな」と言われルーフィナは快諾をした。するとクラウスは次々と色んな店に立ち寄り、どの店でも女性物ばかりを真剣な眼差しで眺めていた。もしかしたらカトリーヌへの贈り物を探しているのかもしれない。そう思うと何故だか落ち着かなくなってしまった。先ほどもルーフィナを先に馬車に戻し彼は一人店内へと戻って行った。きっと彼女に似合う贈り物を見つけたのだろう。


どうしてか分からないが少し羨ましく思う。それならショコラにご褒美を貰える権利を譲らなければ良かったのではと思うがそうじゃない。なら何だというのか……分からない。

「すまない、待たせたね」

ほどなくして彼が戻って来ると馬車は再び動き出した。

「あの、侯爵様」

「何だい」

「今度はどちらに向かっているんですか？」

ぼうっとしながら窓の外を眺めていると、流れる景色が様変わりした。建物や人影はなくなり、代わりに舗装されていない道と生い茂っている草木がある。全く見覚えのない景色にルーフィナは戸惑う。

「実は君に見せたいものがあるんだ」

馬車が止まったのは、郊外のとある屋敷前だった。

一般的な屋敷の大きさで、自然豊かな周囲に溶け込むような田舎風な外観だ。

「ここはヴァノ家が所有している屋敷だよ」

馬車を降りると使用人が出迎えてくれた。クラウスと一言二言交わすと丁寧にお辞儀をして去って行く。

「ルーフィナ、荷物は馬車に置いておいで」

「!!」

当然のように縫いぐるみを抱えているルーフィナは、その言葉に恥ずかしくなり慌てて馬車に戻した。

荷物は置いてくるようにと言ったクラウスの手には、朝から中身が気になっている木製のバスケットが握られていた。

「今連れて来るから、ここで待っていて」

(連れて来るっていったい何を!?)

目的語のない意味深長な言葉を残しさっさと行ってしまうクラウスはほどなくして戻って来たが、彼の後ろには真っ白な馬の姿があった。

「可愛い」

真っ白な上質な毛並みと吸い込まれそうな漆黒の大きな瞳の凛々しい馬にルーフィナはときめいてしまう。

「僕が学生の時から飼っている馬で、名前はフィンだよ」

「名前も可愛い。初めまして、フィン」

怖がらせないようにそっと触れるとフィンは顔を擦り寄せてくれた。

「じゃあ、行こうか」

「？」

毎日馬車には乗っているが騎乗するのは生まれて初めてだ。

クラウスに抱き上げられフィンの上に乗せられるとバスケットを手渡される。そしてクラウスはルーフィナの直ぐ後ろに騎乗した。

「ゆっくり進むから大丈夫だよ」

彼が手綱を握るとフィンはゆっくりと歩き出す。初めは落ちてしまわないかと不安で戦々恐々としていたが、徐々に恐怖心は薄らいでいった。

クラウスは宣言通りゆっくりと歩みを進めてくれており、また穏やかな風が頬を掠めるのが心地良い。

ちらりと彼の顔を盗み見れば、翠色の瞳は前を見据え絹のような蜂蜜色の髪は風になびき白い肌は日の光を受け一層際立って見え美しい。

彼の熱を直ぐそばに感じ心が落ち着かなくなる。今日は何時もより彼との距離がずっと近く、そわそわしてしまう。身体は触れる程度だが、絶妙な距離感で座っているのでまるで背中から抱き締められている錯覚を覚えた。

「少し揺れるから気を付けるんだよ」

「分かりました」

原っぱを抜け林道へと入って行くと、急に足場が不安定になった。落ちてしまうほどではないが少し怖くなる。

どれくらい経っただろうか、林道から少し逸れ進んだ先に小さな泉が姿を現した。そのそばでルーフィナ達は降りた。彼はフィンを撫でると直ぐに水を飲ませる。その様子にルーフィナは目を丸くしてから笑んだ。

「さて少し遅くなってしまったけど、食事にしようか」

木陰に腰を下ろすとクラウスがバスケットの蓋を開けた。中にはベーコンや卵、野菜などをふんだんに挟んだパンが入れられている。少し不格好だが実に美味しそうだ。実は結構前からお腹が空いていたので凄く嬉しい。

「美味しいです！」

「そうかい？　ま、まあ当然だね」

予想以上に美味で思わず感嘆の声を上げると、クラウスは素っ気なく答えるが何処となく動揺して見えた。

「素敵な場所ですね」

とても静かで、時折聞こえるのは風が木々を揺らす音や鳥の羽音くらいだ。視界にはエメラルドグリーンの泉が広がり、その周りには美しい花が咲き乱れている。初めて目にしたその花は、薄紫で背が低く小さくて愛らしい。生い茂る木々の合間からは日差しが射し込み正に神秘的だった。

「気に入ったかい？」

「はい、とても。でもこんな素敵な場所を知っていらっしゃるなんて、流石侯爵様ですね」

「あーまあね……」

「？」

何時もと少し様子の違うクラウスにルーフィナは首を傾げる。

暫し食事を摂りながら美しい景色を堪能した。

「そういえば、この先にはこの泉とは比べ物にならないくらい大きな湖があるんだよ」

「湖ですか？」

「ああ、凄く美しい湖でね。畔には今はもう使われていない古い塔が建っているんだ。なんでも昔、罪を犯した王族が幽閉されていたらしいよ。まあ僕も詳しくは知らないけどね。ここからは少し離れているから、また今度行ってみようか」

湖は凄く興味がある。ただ塔の話が不穏で複雑な気持ちになった。

「そろそろ戻ろうか」

クラウスがそう言いながらフィンに触れた時、ぽつりと頬に何かが落ちたのを感じた。反射的に手で触れ空を仰ぐと次から次へと雨粒が降ってくる。

「雨か、少し急いだ方が良いね。ルーフィナ――」

彼に名前を呼ばれたその瞬間、周囲は眩しいほどの光に包まれ思わず目を閉じた。そして雷鳴が聞こえたと認識した時には爆発音のような音が辺りに鳴り響いた。

「落ち着け、フィン！　大丈夫だからっ……フィンッ!!　待つんだ!!」

雷の音に驚いたフィンは嗚き声を上げパニックになる。クラウスが手綱を掴みどうにかして宥めようとするが、制止する事は出来ずフィンはそのまま駆けて行ってしまった。

「侯爵様!?」

フィンに振り解かれた衝撃で地面に膝をついたクラウスへとルーフィナは駆け寄った。

「大丈夫ですか!?」

「問題ないよ。取り敢えず場所を移動しようか」

そう言ってクラウスはルーフィナに自分の上着を掛けてくれた。

先ほどまで晴れていた事が嘘のように、辺りは暗くなった。

雨脚が徐々に強まっていき雷鳴が鳴り響く中、ルーフィナとクラウスは避難場所を探し回る。

今日は比較的動き易い格好だったが、足元が雨で泥濘《ぬかる》み上手く歩く事が出来ない。クラウスの後に必死に付いて行こうとするも距離が段々と開いていく事に焦り余計に遅くなる。このままでは置いて行かれてしまう。

（ど、どうしよう……でも足が泥に嵌って、動けない）

雨で視界もぼやけていき、遂に彼の後ろ姿が消えた。

「ルーフィナ」

「!!」

何時の間にかクラウスが直ぐ隣に立っていた。ルーフィナの足を泥から持ち上げると、手をぎゅっと握り締めまた歩き出した。


突然の雷雨に見舞われ、一時はどうなるかと思ったが何とか洞窟へと逃げ込む事が出来た。

「すまない、直ぐにどうにかするから」

全身ずぶ濡れのルーフィナは身体を縮めて座り込んでいる。クラウスは焦りながらも洞窟の周囲に散らばっている枯葉や小枝を拾い集め、ズボンのポケットからマッチを取り出した。何かの役に立つかもしれないと一応護身用のナイフとマッチは持参していた。ただ雨のせいで湿気って使い物にならない。何本も試した末ようやく中心部にあったマッチで火を付ける事に成功した。

「ルーフィナ、こっちへおいで」

「……はい」

彼女を火のそばに座らせ水を吸って重くなったスカートや長い髪をクラウスは絞る。幸いクラウスの上着が役に立ち、上の方は余り濡れずに済んでいた。それが終わると自分の衣服も絞り、上着とベストは広げて乾かす。

焚火のお陰でだいぶ身体は温まる。あのままでは低体温となり危険だった。ルーフィナは疲労もあり、船を漕ぎ始める。外を見れば雷は止んだものの雨はまだ降り続いていた。

座ったまま寝てしまったルーフィナの頭を、枕代わりとした自分の膝に乗せると「ん……」と小さな声を出す。その姿に思わず笑みが零れた。

ルーフィナと出掛ける事になりジョスからはデートですかと言われ、浮ついていた自分に嫌気がさす。早起きをし作った事もない癖にお弁当まで作った。我ながら馬鹿過ぎる。

こんな事、彼女には絶対言えないが実はクラウスはデートをした事がない。元々そういった事に興味がなかったし、機会もないまま二十歳で結婚をした。社交の場でのパートナーはカトリーヌに頼んでいたが、クラウスにとって責務や仕事の一環であり無論デートには含まれない。それ故、手探り状態で今日のプランを練った。

今日は、ショコラの玩具が目的ではあったが、ふと思い立ちどうしてもあの場所を彼女に見せたくなった。この森は昔からよく足を運び熟知していたつもりだったが自分の考えの甘さを痛感している。

「雨が止んだみたいだね」

気が付けば薄暗かった空は緋色に染まり雨は止んでいた。だが喜んでばかりはいられない。

日が沈む前に戻らないと、野宿する事になってしまう。

クラウスは火に土を被せ消火すると、眠っているルーフィナを背負った。

「侯爵、さま？」

「起こしてしまったね」

歩き出して暫くすると彼女が目を覚ました。

「え……え!?　私、どうして……」

「ルーフィナ、余り暴れると落としてしまうよ」

「す、すみません、ではなく！　私、自分で歩けます！」

背中で肢体をバタつかせるので冗談抜きで一瞬落としそうになり足を止めた。

「ダメだよ。雨で地面は泥濘んでいるし、君に歩調を合わせていたら日が暮れてしまう。野宿したくなかったら大人しくするんだね」

「……はい」

少々言い方が厳しいが仕方がない。今は一刻も早く彼女の身の安全を確保する事が先決だ。

状況を理解し大人しくなったルーフィナを体勢を整える為に背負い直す。

（無心だ、無心……）

別にやましい気持ちなど断じてない！

背中に柔らかさを感じながらクラウスは林道を再び歩き出した。

その夜、無事にルーフィナを屋敷に送り届けた。泥で汚れて全身ボロボロの姿の二人に普段冷静なジルベールは目を見張り、侍女達は軽く悲鳴を上げる。彼女は侍女達によって早々に連れて行かれ、残されたクラウスはジルベールに事の経緯を話した。

「ご無事で何よりでございます」

絶対に怒られると思ったが、彼は心底安堵した表情を浮かべた。

「坊ちゃまも本日はこちらにお泊まりになっては如何でしょうか。直ぐに湯浴みの準備を致しますので」

「いや、僕は帰るよ。仕事もあるしね。ああ、そうだ。これ、ショコラにあげて。後、こっちはルーフィナに」

自分が選んだクマの縫いぐるみをショコラに、大きな犬の縫いぐるみと宝石店で購入したリボンを彼女へと手渡すように言い残してクラウスは屋敷を後にした。

「ショコラ、侯爵様からだよ」

ワフ!!

ショコラに縫いぐるみを渡すと、嬉々として咥えながら部屋中を駆け回る。

あの後、血相を変えたマリー達に湯浴みに入れられ着替えを終えると、既にクラウスは帰った後だった。その代わりにジルベールから「坊ちゃまがこちらをショコラに、こちらはルーフィナ様にお渡しするようにと」そう言われて手渡された。ショコラへの包みを開けると、中からはクマの縫いぐるみが出てきた。どうやら何時の間にか買ってくれていたらしい。そして大きい犬の縫いぐるみはルーフィナへの贈り物だった。それともう一つ、小さな包みを受け取った。

今日は色んな事があった。ショコラの玩具を買いに行っただけだが、大冒険でもした気分だ。初めは少し不安で、途中モヤモヤしたかと思ったら楽しくなったり落ち着かなくなったりと感情が忙しい。

最終的には怖い出来事に見舞われたりもしたが、彼が助けてくれた。帰りの馬車では「僕のせいで君を危険に晒してしまった……すまない」そう謝罪をされたが、全く怒る気にはなれなかった。

動き易い格好を指定してきたのは、ルーフィナにあの景色を見せる為だったのだろう。わざわざお弁当まで持参してくれて、本当に嬉しかった。それに雷雨の中、上着を掛けてくれて手を繋いでくれた。彼だってびしょ濡れなのにもかかわらず、真っ先にルーフィナのスカートや髪を絞ってくれて、帰りは思い出しただけで恥ずかしくなるが子供のように背負ってくれた。

そういえば雷に驚き逃げ出したフィンは、ちゃんと屋敷に戻って来ていた。流石、クラウスの愛馬だ。馬まで優秀だと感心したのと同時に安堵した。

休み明け、日直であるルーフィナが早めに登校すると既にテオフィルが来ていた。

「テオフィル様？」

「おはよう、ルーフィナ」

「ご機嫌よう。こんなに朝早くからどうしたんですか」

日直の時は何時もより早く屋敷を出るが、今日はそれよりも更に早く余裕を持って出て来た。

「ルーフィナが日直だから早めに来れば少し話せると思ってね。最近、余り話せていないだろう」

確かにテオフィルともリュカとも話す機会がなくなってしまった。理由は単純で、ベアトリスとリュカがいまだに仲違いをしたままだからだ。

「それでわざわざ来て下さったんですか。ありがとうございます」

日直業務をテオフィルに手伝って貰い早々に終わらせる事が出来た。他の生徒が登校して来るまで随分と時間に余裕がある。

ルーフィナとテオフィルは窓際へと移動をした。すると先ほど空気の入れ替えの為に開けた窓から朝の涼やかな風が教室へと流れ込みカーテンを揺らす。

「この前、ルーフィナから貰ったクッキー凄く美味しかったよ」

「本当ですか？　ふふ、嬉しいです」

「それで、そのお礼に君に似合いそうなリボ……」

テオフィルは何かを言い掛けて目を見張った。いったいどうしたのだろうかと首を傾げる。

「それ」

「え……」

「リボン、新しい物に替えたんだ……」

指摘されたルーフィナは付けていたリボンに触れる。

実は縫いぐるみと一緒に渡されたあの小さな包みの中には髪飾りのリボンが入っていた。薄紫色のリボンに重なるようにして銀色の宝石の散りばめられたレースが付けられており二重になっている。ジルベールから受け取った時、クラウスからの言伝があり「気に入ったら着けて欲しい」と言っていたそうだ。

「侯爵様から頂いたんです」

「──」

「理由をお話しすると長くなってしまうんですけど……テオフィル様？」

「え、ああ、すまない……それで？」

「少し前に侯爵様と一緒にクッキーを作って……」

クッキーを作った話やご褒美の話、更には先日二人で出掛けた話をかいつまんで説明をした。初めは笑顔で話を聞いてくれたテオフィルだが、話が進むにつれ少しずつ表情が険しくなり話が一段落つく頃には真顔になっていた。

「大変だったんだね。でも君が無事で良かった。それで体調は大丈夫なのかい？」

「はい、特に問題ありません」

あの時、クラウスから上着を貸して貰い、焚火で身体を温めたお陰か風邪を引く事はなかった。

「それにしても侯爵殿はいったい何を考えているんだ。君をそんな場所に連れ出して危険な目に遭わせるなんて」

「でも良い経験が出来たと思います」

天候が崩れてしまった事は運が悪かったが、ほぼ屋敷と学院との往復の生活を送るルーフィナにとって何もかもが新鮮で楽しかった。

「ルーフィナは優し過ぎる。それにあのリボンは君のお気に入りで、入学した時からずっと着けていたとても大切な物だろう」

テオフィルの言う通り、お茶会などの例外は除いてあの青いリボンはずっと身に着けてきた。特別高価というわけではないけれど、ルーフィナにとって心の支えのような物だ。何故ならあれは母からの最期の贈り物だから――。

「侯爵殿はそれを知った上でそのリボンを君へ贈ったの？」

「いえ、知らないと思います」

「……それでもやはり不謹慎だ」

顔を顰め怒りを露わにするテオフィルにルーフィナは眉根を寄せた。

クラウスは、事情は知らなかったわけできっと何となしに選んでくれた、ただそれだけだろう。悪意などある筈はないし、そもそも何故そんなに怒るのかが分からない。それに寧ろ嬉しかった。カトリーヌへの贈り物のついでだとしても、クラウスが自分の為に選んでくれた。

説明してもテオフィルは納得出来ない様子で彼を非難する。何時もはこんな理不尽な事を言う方ではない筈なのだが……。

「私は……侯爵様の気持ちが嬉しかったです」

「ルーフィナ、君は……」

自然と笑みが零れたルーフィナにテオフィルは目を見開き何かを呟いたが、ルーフィナの耳には届かなかった。

「すまない、無粋だったね」

「いえ、寧ろご心配頂きありがとうございます」

少し様子がおかしく見えたテオフィルだったが、また何時もの彼に戻った。穏やかな笑みを浮かべている。もしかしたら虫の居所が悪かったのかもしれない。彼だってそういう時がある筈だ。

「テオフィル様は、お休みはどうされていたんですか？」

ずっとこちらの話ばかりなのは申し訳ないと、ルーフィナは話題を変えた。

「僕はとても大切な用事があって、知人を訪ねたんだ」

「お休みなのに、お忙しいんですね」

「まあ私用だけどね。……誰と会っていたか、気になるかい？」

「えっと……」

初めから名前を出さないという事は、きっと学院の生徒やルーフィナの知り合いではないのだと思われる。興味はあるが、余り詮索はしない方が良いかもしれない。だが敢えて聞いてくるという事は聞いて欲しいという意味なのだろうかとも悩む。

「秘密だよ」

「え……」

予想外の言葉にルーフィナは呆気に取られてしまう。

「なんてね、冗談だよ。実は……」

そんな時、教室に一人のクラスメイトが入って来た。時計を確認すると何時の間にか登校時間になっていた。その為話はそこで終わった。


それから数日後――。

ルーフィナは大きな画用紙に下絵を描き終えると、絵の具で色を塗り始める。

今は美術の授業中で、今日のテーマは「私の好きなもの」だ。食べ物から生き物、自然や建造物まで何でも良いらしい。

因みに授業は美術室でグループごとに席に座る。ルーフィナとベアトリス、テオフィルにリュカの四人は同じグループなのでいまだ喧嘩継続中の二人も致し方なく近くに座っていた。

「リュカは何を描いているんだい？」

テオフィルは隣に座るリュカの絵を覗き込むと眉根を寄せる。

「これは……丸？」

丸とはいったい……。テオフィルの妙な物言いにルーフィナも気になり席を立ち、リュカの絵を覗き見る。すると確かに大きな画用紙の真ん中に大きな丸が描かれていた。だが他には何も描いていない。謎過ぎる。

「満月」

「満月……」

「だって簡単じゃん。丸描いて黄色に塗り潰すだけだし」

流石リュカだ。相変わらずの面倒臭がりようだ。テーマは完全に無視して、如何に楽するかを重視している。

「まあ、好きなものは人それぞれだからね……」

テオフィルは優しくフォローする。最近少し様子がおかしいと感じる事もあったが、何時も通りのテオフィルにルーフィナは安堵した。

「ルーフィナは何を描いているんだい？」

今度はテオフィルとリュカがルーフィナの画用紙を覗いてきた。

「何これ、悪魔の使い？」

「リュカ失礼だよ。ルーフィナ、これはハリネズミだよね？」

「……ショコラです」

今回は結構上手く描けたと自負していたが、二人から的外れな事を言われルーフィナは少しむくれるとテオフィルは気不味そうに笑った。

(リュカ様は兎も角、テオフィル様なら分かってくれると思ったのに……)

「完成しました！」

そんな中、先ほどから黙々と描き続けていたベアトリスが声を上げた。立ち上がり自信満々にこちらに完成した下絵を見せてくる。

「こ、これは……」

「お金だね」

「……」

それは精密なお金の絵だった。色を付ければきっと実物と見紛う事間違いなしだ。

驚くほど上手だが、もしこれがお金の絵でなければ尚良かった気がする。宝の持ち腐れという言葉が頭に浮かぶ。実に勿体ない……。

「テオフィル様は、何を描いているんですか？」

「あぁ、僕は……」

「お花畑に……少女？」

(テオフィル様が好きなものはお花？　じゃあこの女の子は？　それに……)

相変わらず何でも出来る彼に例外はなく絵も上手い。ただルーフィナにはいまいち対象が分からなかった。

「綺麗ですね。でもどうしてこの女の子は後ろを向いているんですか？」

「正面だとバレちゃうからね」

「？」

テオフィルの言葉に目を丸くして首を傾げると、リュカが鼻で笑った。

「テオフィル、君も難儀だね」

その言葉にテオフィルは苦笑する。

どうやらリュカは理解しているらしいが、結局二人共教えてはくれなかった。

「そういえば、ルーフィナは来月ドーファン家の夜会に出席するんだよね？」

「え……」

席に戻り絵を仕上げていると、不意にテオフィルからそんな事を言われた。

「あれ、違った？」

「いえ、そうなんですけど……」

どうして彼が知っているのだろうか。

実は先日、クラウスから話をされたばかりでまだ誰にも夜会の事は話していない。

「実は僕も知人から誘われていてね、出席するんだ」

「そうなんですね」

もしかして、先日話していた知人の方の事かもしれないと思った。

「それでリュカもベアトリスも良かったら一緒にどうだい？」

「宜しいんですか⁉」

「……別に構わないけど」

誘われた二人の声が重なり反射的に互いに顔を見るが、目が合うと嫌そうに背けた。

そんな二人の様子にルーフィナは眉根を寄せる。また夜会のせいで一悶着なければ良いが……。

「ルーフィナは、侯爵殿と一緒に行くんだろう？」

「はい、一応……夫婦ですから」

まだクラウスと詳しい事は話していないが同伴する事は決まっている。

事実を述べただけだが、何故だか気恥ずかしくなる。すると一瞬テオフィルの表情が曇ったように見えた。だが次の瞬間には何時もの爽やかな笑顔に戻った。

「夜会、楽しみだね、ルーフィナ」

「え、はい……」

ルーフィナは目を丸くする。ベアトリスではあるまいし、そんなに彼が夜会を楽しみだとは意外だと思った。


「ショコラ、見て！」

先日美術の時間に描いた絵を持ち帰って来た。先生からは「可愛いヤマアラシですね」と言われてしまった。誰も分かってくれない……。

だがショコラならきっと分かってくれると信じている。何故ならショコラがモデルなのだから。

そう思いながらルーフィナは意気揚々とショコラに絵を見せるが……。

ワフ？　ワフ？

何度も左右に首を傾げる。どうやらよく分かっていないみたいだ。

「ショコラだよ」

ワフ？　……ワフ！

「分かってくれた？」

ワフ!!

喜んだのも束の間、ショコラは自分の玩具箱目掛けて走り出し箱に頭を突っ込むと中を漁り出す。そしてある物を咥えて戻って来た。

「それって……」

ショコラが持って来たのはクラウスがショコラに買ってくれたクマの縫いぐるみだった。

クマの縫いぐるみといえばふわふわな茶色の毛並みと丸くて大きな目の可愛いイメージだが、彼が選んだのは真っ黒で目付きは鋭く口の中には牙まで生えている精巧な物だった。本物は見た事はないが図鑑で見たクマとそっくりだ。

正直可愛くないと思ったが、ショコラは意外と気に入っているみたいなのでまあいいかと思う。だがそのクマと同じだと思われるのは悲しくなる。

その後、絵を持ってマリーに見せに行ったら「芸術的な絵ですね」と言われ、ジルベールにもエマにも同じような事を言われてしまった……。しかも皆困り顔だった。

ルーフィナは一人部屋で絵を広げ眺めると肩を落とす。誰も分かってくれない。

「あれ、それは」

「侯爵様……どうして」

「用事が済んだから、ちょっと寄ってみたんだ」

「そうだったんですね、お疲れ様でした」

今日はクラウスから予め用事があって迎えには行けないと言われていたので、珍しく帰りは一人だった。

「えっとこれは、美術の時間に描いたんですけど……」

次は何と言われるのか……ルーフィナは内心ため息を吐く。

「へぇ〜良く描けているね。でもショコラはこんなに可愛くないと思うけど」

「え……ショコラって分かるんですか？」

目を丸くしてクラウスを見ると、彼は笑った。

「分かるよ。だってどう見てもショコラにしか見えないからね」

「ありがとうございます」

はにかんでお礼を言うとクラウスは首を傾げた。そんな彼をお茶に誘って、美術の時間の話をした。ただリュカやベアトリスの絵について話していた時は普通だったが、テオフィルの絵の話を始めると少し顔が引き攣っていた。どうやら彼もテオフィルの描いた対象が何か分かったみたいだが、やはり最後までルーフィナには教えてくれなかった。

あの一件の後、クラウスは暫く妙に物静かだった。元々クールでお喋りな方ではないが、それともまた違う。ルーフィナに対して遠慮しているようにも思えた。

これはマリーがこっそりと教えてくれた事だが、無事帰還した翌日にクラウスが屋敷を訪れた際、ジルベールに怒られているクラウスを目撃したらしい。どうやら先日出掛けた時の事を言われていたみたいだが、あの彼が怒られているなど俄かには信じられない。不謹慎だが想像して思わず笑ってしまった。

「聞いているのかい」

「え、はい、すみません……聞いていませんでした」

ぼうっとしていたら、怒られた……。

今はもう元に戻ってしまったが、あの一件以来少しだけ彼の事が分かった気がする。

相変わらず外面は良く、ルーフィナには素っ気なく厳しい。態度も横柄だし仏頂面だ。でも少しはルーフィナの事を考えてくれていると思う、多分。意外と優しいところもあるし、意外と繊細で引きずるタイプかもしれない。

リボンや縫いぐるみのお礼を後日改めて伝えた時は、ほんのわずかだが照れているようにも見えた。普段の彼を思うと中々に可愛く思える。

「それで当日は……聞いているのかい」

「す、すみません」

また怒られた……。しかもため息のオマケ付きだ。全然嬉しくない。

ワフ!!

「なっ、止め……」

そんな時、足元で寝ていたショコラが目を覚ましクラウスにダイブして助けてくれた。

ショコラは本当に頼りになる愛犬だとしみじみ思った。

# 第六章　不穏な夜会と策略と

ドーファン家主催の夜会当日――。

アイボリーのドレスにはピンクや黄色の花の刺繍が無数に施され、背中には大きなクリーム色のレース生地で作られたリボンが付いている。以前舞踏会に出席する際に一緒に新調したドレスだ。社交界デビューするからと何着も作って貰ったが、結局今日まで着る機会はなくずっとクローゼットに仕舞われたままだった。

「侯爵様？」

夕刻になりクラウスが迎えにやって来たのだが、ルーフィナを見るなり立ち尽くす。

先ほどから黙り込む彼に流石に心配になりルーフィナが声を掛けるとようやく彼は我に返った。

「あ、いや……何でもない」

「？」

口籠る彼に首を傾げていると、クラウスが手を差し出してくる。ルーフィナは少し躊躇いながらもその手を取ると馬車へと乗り込んだ。

「先日も話したけど、君は挨拶をしたら笑っているだけで良い。後は僕が対応するから」

初めての夜会に右も左も分からないルーフィナにクラウスが簡単に説明をする。

広間に着いたら、先ずは主催者へと挨拶に行き後は身分の高い人や懇意にしている人達から順番に挨拶をして回る。少し雑談をする程度らしいが、相手によって触れてはいけない話題もあるらしくそう単純な事ではないみたいだ。自分ならうっかり口を滑らせてしまうかもしれない……。

「それとルーフィナ」

クラウスは軽く咳払いをした。

「はい、侯爵様」

「その呼び方は夫婦として相応しくないから、僕の事はこれからは名前で呼ぶように」

これまで当たり前に侯爵様と呼んでいたので、急にそんな風に言われても困惑してしまう。

「いいかい？」

「はい、えっと……クラウス、様？」

気恥ずかしくなり語尾に疑問符を付けてしまった。

また彼から指摘されるかもしれないと思い身構えるが、クラウスは口元を手で覆い顔を背ける。何かおかしかっただろうか……。

「あ、あぁ、それでいいよ……」

取り敢えず怒っているわけではないので良かったと安堵する。

それから彼は窓の外へと視線を移し黙り込んだ。その様子をルーフィナは盗み見る。

濃い青みのある紫色の外套と黒いズボンが全体を引き締めた印象を与え、更に差し色に金色が使われており端麗な容姿も相まって艶やかで、座っているだけなのに絵になる。

「？」

「!?」

バレないようにこっそりと見ていたつもりが、こちらに気付いたクラウスと目が合ってしまいルーフィナは慌てて真逆を向き意味もなく居住まいを正し平静を装う。

（落ち着かない……）

そうこうしている内に馬車はドーファン家の屋敷前で止まった。

今夜は公爵家主催とあり、招待客の数も多く次々に参加者達が屋敷を訪れている。

ルーフィナは広間の扉前で息を呑む。舞踏会の時とはまた違った緊張感があった。

これまでベアトリスから夜会の話は散々聞かされてきた。彼女は何時も楽しげに語っていたが、たまに神妙な面持ちになる事もあった。

『実は夜会には、裏部屋なる場所が用意されているんです。私は入った事はありませんが、何度か誘われた事はあります』

その部屋が何をする場所なのかはルーフィナにはいまいち分からなかったが、彼女の話をそばで聞いていたテオフィルもリュカも気不味そうにしていた。多分裏部屋が何なのかを知っているのだろう。でも結局誰も教えてくれなかった。

兎に角余り良い印象ではなかったので、危ない部屋なのは間違いない。

『もし誘われる機会がありましても、ルーフィナ様は絶対に付いて行ってはダメです！』

そして何故だかルーフィナだけ釘を刺された。

「ルーフィナ、行くよ」

「は、はい」

クラウスに手を引かれたルーフィナは緊張しながらも背筋を正し広間へと足を踏み入れた。

やはり城での舞踏会と比べれば見劣りはするが、それでも広間の飾り付けは眩いほどに光り輝いていた。参加者達の装いもとても華やかで、舞踏会の時よりも心なしか露出が多く艶っぽさを感じる。それに人と人の距離が近い気がする……物理的に。

「ルーフィナ」

「!?」

ぼうっとしていると不意にクラウスの手が腰に回され身体を引き寄せられた。

「あ、あの、クラウス様……」

「そのドレス、よく似合ってる。今宵の参加者の中で、君が一番綺麗だよ」

「っ!!」

耳元で彼の吐息が掛かる距離で囁かれ一瞬思考が停止した。弾かれたようにしてクラウスを見たが、既に彼は正面を見ておりいまいち表情は分からない。

「ありがとう、ございます……」

テオフィルもよく褒めてくれるので、それと一緒でお世辞だとは分かっている。だがそれでも顔が熱くなり鼓動が速くなるのを感じた。

ルーフィナは消え入りそうな声でお礼を言うのが精一杯だった。

「愛らしい奥様で実に羨ましい限りです」

「ありがとうございます。僕には勿体ないくらい素敵な妻だと思っております」

初めに主催者であるドーファン公爵夫妻への挨拶を済ませ、その夫妻の息子夫婦でありクラウスの友人でもあるラウレンツとその妻のコレットと軽く談笑をした。

挨拶回りを順調にこなす中、ルーフィナは隣でクラウスを盗み見ていた。相変わらず外面が良いと感心する一方で、先ほどの事もあり変に意識してしまう。

外向きの爽やかな笑顔。色白のすらりとした体型に、翠色の瞳、金色の絹のような美しい髪、初めて見た時も思ったが、まるで御伽噺に出てくる王子様みたいだ。

こうやって改めて見て実感をする。きっとこの広間の中で一番格好良い……と思う。

「疲れただろう。少し休もうか」

暫くして少し疲れてきたと感じたタイミングでクラウスがそう声を掛けてくれた。たまたまだが、その事が嬉しくなる。

ルーフィナはクラウスに手を引かれ、壁際まで連れて行かれた。

「飲み物を持ってくるから、ここで待っていて。直ぐ戻るから絶対に動いちゃダメだよ」

そう言って彼は行ってしまった。

ルーフィナは急に心細くなる。

「ご機嫌よう、ルーフィナ様」

緊張しながらクラウスが戻って来るのを待っていた時、ベアトリス達が声を掛けてきた。

「ベアトリス様、リュカ様も」

二人の顔を見て一気に気が抜けると自然と笑みが溢れた。

「テオフィル様はご一緒ではないんですか？」

誘った筈の本人が見当たらない事にルーフィナは不思議に思う。

まさかあのテオフィルが遅刻するとは思えない。

「所用で少し席を外すと仰ってどちらかに行かれてしまいました」

成るほど。そういえばこの夜会も知り合いに誘われたと話していたので、きっと挨拶にでも行ったのだろう。

それにしてもベアトリスとリュカは相変わらず顔を合わせないでいる。ただ意識しているのか互いにチラチラと様子を窺っているのが分かる。何時もより空気は悪くない。もしかしたら何かきっかけがあれば仲直り出来るかもしれない……と言ってもそのきっかけが難しいのだが。

兎に角今夜はこれ以上二人の関係が悪化しない事を願うばかりだ。

「ルーフィナこそ、ヴァノ侯爵は一緒じゃないの？」

「クラウス様は、飲み物を取りに行って下さっています」

「へぇ～」

普通に答えたつもりだが、何故かリュカは眉を上げた後に苦笑した。

「クラウス様ね……テオフィルが聞いたらなんて言うか」

「？」

意味が分からずリュカに訊ねようとするも、口を開く直前突然ベアトリスが「あれって、ザームエル様!?」と叫んだ。そしてそのまま走って行ってしまう。

「何処行くんだよ!?　ベアトリス！」

「え、ベアトリス様？　リュカ様？　……」

そんな彼女を少し怒気を孕んだ声で呼びながらリュカも追いかける。

あっという間に二人は人込みに消えていってしまった。

ルーフィナは一人残され暫し呆然とする。

(えっと、ザームエル様って仰っていたけど……)

少し前まではかなり落ち込んでいたが、最近は何も言わなくなっていたのでもう諦めたのだと思っていた。だがベアトリスはルーフィナが思っていた以上に例の彼に執着しているようだ。

お金持ちだからなのか、それとも……。

「こんばんは、愛らしいお嬢さん」

「!?」

背後からいきなり声を掛けられ心臓が跳ねた。少しぼうっとはしていたが、まるで気配を感じなかった。

弾かれたように声の主を見れば、金色の長い髪を後ろで一つに束ねた青い瞳の見知らぬ男性が立っていた。歳はクラウスよりも幾分か上に見える。

「お一人かな？」

「いえ、夫を待っていまして……」

緊張しつつ、自分で言った癖に夫という言葉に少し照れてしまう。

「あぁ、ヴァノ侯爵か」

「ご存じなんですか？」

「勿論だよ。それに君の事もよく知っているよ、ルーフィナ」

何だか不思議な人だった。

あれから彼は一言二言交わすと直ぐに立ち去った。ただ名前を聞きそびれてしまい結局誰だったかは分からず仕舞いだ。

クラウスの知人？　らしいので、また会う機会があるかもしれないが正直余り関わりたくない。失礼だとは思うが、何だか薄気味悪い感じがした。それに名前を呼ばれた瞬間背筋がぞわりとしてしまった。

(それよりクラウス様、遅いな)

時間にしたら大した事はないと思うが、飲み物を取りに行くだけなら流石に遅過ぎる。

もしかしたら知り合いに声を掛けられ話し込んでいるのかもしれない。

今のところ先ほどの男性が立ち去ってからは誰にも話し掛けられる事もないので安心している。だが何故か周囲からは痛いほど視線を感じるので居心地は良くない。

(早くクラウス様、戻ってこないかな……)

「ご機嫌よう、ルーフィナ様」

だがそんな中、現れたのはクラウスではなくカトリーヌだった。

クラウスは使用人を呼び止めワインと木苺のジュースのグラスを受け取り直ぐに戻ろうとするが、背中越しに呼び止められた。

「ヴァノ侯爵殿」

内心ため息を吐きながら、笑顔を作り振り返るとそこにはテオフィルが立っていた。

「……やあ、君も参加していたんだね。それで僕に何か用かな？」

何処となく何時もと彼の雰囲気が違うのは正装だからだろうか。それとも別の何かか……。

テオフィルの瞳から仄暗さを感じた。

「実は侯爵殿にお話があるんです」

「申し訳ないけど妻を待たせているから遠慮して貰っても良いかな。話があるなら日を改めて聞くよ」

詳しい内容までは分からないが十中八九ルーフィナの話だろう。思っていた以上に諦めの悪い男だ。

先ほどまで頗る気分が良かったがテオフィルが現れた事で興が削がれてしまった。故に大人気ないが敢えて名前ではなく妻と強調してやった。するとテオフィルは瞬間顔を顰めたが直ぐに笑顔に戻った。

「それでしたら心配は不要です。ルーフィナの相手なら彼等がしてくれていますから」

テオフィルの視線の先を追うと、人の合間からルーフィナとその学友の姿を確認する事が出来た。

彼がいる時点であの二人がいる事は想像に容易《たやす》いが、何処か引っ掛かりを感じる。だがそれが何かまでは分からない。

「手短に頼むよ。僕は長々と君に付き合ってあげるほど暇人ではないんでね」

「それでは場所を移しますが宜しいですか」

微妙に会話が噛み合わない。

人の話を聞いていなかったのかと思うが、彼の事だワザとだろう。

「僕は手短にと言ったよね？　場所を変えるつもりはない。話があるなら今この場で話して貰えるかい」

「僕は構いませんが、宜しいんですか？　こんな誰が聞いてるとも分からない場所であの事を話しても」

彼の話が見えずクラウスは眉を顰める。

「実はこの夜会に参加したのはある知人の伝手なんです」

「知人？」

「侯爵殿もよくご存じの方ですよ。その方からとても興味深いお話を伺いまして、その事実の確認をしたかったもので」

「……その知人とは、誰だい」

「カトリーヌさんです」

その名前にクラウスは目を見張った。

（何故、彼とカトリーヌが……）

するとテオフィルはクラウスに身体を寄せると耳打ちをしてきた。

「彼女が教えてくれたんです。彼女のご子息が実はヴァノ侯爵殿との子供だと」

「は⁉　何を馬鹿な事をっ」

テオフィルがクラウスに揺さぶりをかけているのは分かっているが、余りに突拍子もない発言に思わず声を荒らげてしまった。

「侯爵殿、落ち着いて下さい。正直、僕には嘘か真実かまでは分かりません。でも彼女はそのように主張しているんです。だからこそ詳しい話を貴方から直接聞きたいんです」

奥歯を音が鳴るほど強く噛み締める。

（まさかパートナーを断った腹いせか？）

この場にいないカトリーヌに怒りを覚えた。

「目的はなんだ」

「ここから先は場所を移しませんか？　今宵は何時も以上に参加者達は貴方に注目をしています。何しろヴァノ侯爵殿が初めて妻を公の場に伴って参加しているんですから。これは貴方の為でもあるんですよ」

そんな事を言われるまでもなく分かっている。

広間に入った瞬間からずっとクラウスとルーフィナは注目を集めていた。皆一様に好奇の目を向け、いったいどういった心境の変化なのだと知りたくて仕方がないのが伝わってきた。

挨拶を交わした面々も、直接的な表現は避けていたが興味津々の様子だった。

こんな状態でカトリーヌの息子の噂が広がれば様々な憶測を呼びクラウスの威信にも関わる。

それに何よりルーフィナにこれ以上誤解をされたくない。そうでなくてもカトリーヌがクラウスの愛人だといまだに誤解しているというのに……。

「分かった、場所を移そう」

その言葉に彼は不敵に笑う。

クラウスは先に歩き出したテオフィルの後を追った。

「どういうつもりだい」

人気のない薄暗い廊下を歩いて行くテオフィルの背にクラウスは不審そうに声を掛けた。

「安心して下さい。僕にそういった趣味はありませんので」

「それは良かった、僕もだよ」

テオフィルが向かった先はまさかの裏部屋と呼ばれる場所だった。

ここは男女が仲を深め交流する場——所謂〝行為〟をする部屋だ。夜会では必ず設けられている。

まあ自分は使った事はないが。

「ここなら誰にも邪魔をされず、話を聞かれる事もないと思いまして」

確かに幾ら人気がないといっても廊下やロビー、中庭やテラスだろうと油断は出来ない。招待客だけでなく使用人もいる。何処で誰が聞いているか分かったものではない。その点では裏部屋は最適だろう。流石に他人の行為を覗き見ようとする悪趣味な者はそうはいない筈だ。但し一歩間違えば別の意味で噂が立つかもしれない。男同士で裏部屋に入るところを誰かに見られでもしたら、そっちの気があると思われるのは避けられない……。

「それで、君の目的はなんだ」

薄暗い部屋に入ると直ぐにベッドが目に付き仄かに甘い香りがした。

ソファーに向かい合い座るとクラウスは早々に口を開く。さっさとこんな不毛な時間を終わらせたい。

「そう急かさないで下さい」

「話がないなら僕は失礼するよ」

「ヴァノ侯爵殿」

ワザとかは分からないが、のんびりとしているテオフィルに苛ついてしまう。

クラウスが立ち上がる仕草を見せると呼び止められた。なので仕方なくソファーに座り直す。

「ルーフィナの事はどのように思っていらっしゃるんですか？」

ようやく本題に入るかと思ったが、底意地の悪い質問をしてきた。ルーフィナ曰く彼は良い人らしいが、随分と良い性格をしている。

「答える義理はない」

「答え辛いですか？　それもそうですよね。何しろ八年もの間放置してきたんです。今更夫面して彼女を評価など恥知らずな事は出来ないですよね」

「っ……」

そんな事は言われなくとも自分自身が一番よく理解している。

醜悪な笑みを浮かべるテオフィルの言葉にクラウスは口を噤んだ。弁解の余地がなかった。

だが――。

「彼女は、ルーフィナは僕の大切な妻だ」

「っ!!」

今更だと痛感している。だからこそこれからは間違わない。

「……好き、なんですか？」

「あぁ、好きだよ」

「……」

向こうから聞いてきた癖に、クラウスの返答が気に入らないのかテオフィルは顔を顰めた。

「先ほども少しお話ししましたが、本当にカトリーヌさんの息子は貴方の子供ではないんですか？」

「ああ、僕に子供はいない」

「侯爵殿の立場を考えたら否定されるのは当然の事です。でももし事実なら、暫く社交界では侯爵殿の噂で持ちきりになるくらいの大事ですよね。きっと陛下の耳にも入る事でしょう。そうなれば貴方達夫婦の関係は破綻するかもしれない」

今度はクラウスが顔を顰めた。

ルーフィナと結婚してから国王からは年に数度書簡が届く。ほぼ定型文ではあるが、ルーフィナを案ずる内容が必ず含まれていた。また年に一度城に呼ばれ、国王からは遠回しに釘を刺されている。クラウスがルーフィナに手を出していないか心配で仕方がないのだろう。

あの方は亡き妹を溺愛していたので、無論その娘であるルーフィナも可愛くて仕方がないと思われる。

だからこそこの八年、クラウスがルーフィナと別居し放置していても別段口出しもしてこなかった。寧ろ安堵していたのかもしれない。

そんなに心配ならばそもそも自分の手元に置いておけば良かったのでは？　そんな風に思うかもしれないが、そうもいかない。何故なら王妃が良い顔をしないからだ。

昔からルーフィナの母セレスティーヌと王妃のジネットは不仲だった。といってもジネットがセレスティーヌを一方的に嫌っていたらしいが。そうなれば娘であるルーフィナの事も気に入らないのは言うまでもない。そのような理由からルーフィナを城で引き取る事は出来なかったと、以前国王が小言を洩らしていたのを聞いた。

もしクラウスに隠し子がいるなどと噂が立てば、国王はどんな反応を見せるだろうか。

テオフィルが期待しているようにルーフィナを蔑ろにしたと憤慨しクラウスに離縁するよう要求してくる可能性も大いに考えられる。

おかしなものだ。以前までは離縁を視野に入れていたのに、今はそんな未来を想像するだけで目の前が真っ暗になる。自分自身の名誉が失われるよりも怖いとさえ思ってしまう。

テオフィルは勝ち誇った様子でこちらを見ている。そんな彼を見て思う。もし離縁となれば必ず彼は我先にルーフィナの再婚相手に名乗りを上げるだろう。それに状況が変わればモンタニエ公爵も息子の後押しをする可能性が出てくる。そうなればルーフィナは彼と結婚するかもしれない……。

ルーフィナが他の男の妻になる——。

(彼女を手放すなんて僕には考えられない……)

今更だ、自分勝手だ、愚か者だ、知っている。誰に何と言われても良い。絶対に離縁などしたくない。彼女を誰にも渡したくない——。

「そうやって動揺させて僕から弱みを引き出そうとしても無駄だよ。断言する、カトリーヌの息子は僕の子供じゃない。そもそも証拠もなく、彼女が勝手に言っているだけだろう。そんな不確かな話を鵜呑みにして、言い掛かりも甚だしい」

「確かに証拠はありません。ですが侯爵殿とカトリーヌさんは、そのような間柄ですよね？」

「違う。彼女とはただの友人だ」

「事実は分かりませんが、少なくともルーフィナはそう思っています。それに周囲の者達もきっと。これまでのお二人の振る舞いからして致し方ない事だと思いますが」

図星を突かれるが、引くわけにはいかない。

ここで動揺を見せれば相手の思う壺だ。

「言いたければ好きに言っていればいい。但し事実無根であるにもかかわらずこれ以上侮辱を続けるつもりなら、君の御父上に抗議させて貰うしかなくなるけど」

互いの視線がぶつかり合う。

正直、公爵家と揉め事は回避したいところではあるが、テオフィルが引くつもりがないのならば致し方ない。

暫し睨み合いが続いたが、クラウスが本気だと感じた彼は唇を噛み締め俯くと黙り込んだ。

「……申し訳ありませんでした」

暫くして口を開くと素直に謝罪をしたので少しだけ拍子抜けしてしまう。

「気が済んだなら、もういいかい」

「……もう一つだけ宜しいですか？」

「何かな」

「ヴァノ侯爵殿は、カトリーヌさんの旦那さんとはご友人だったんですよね」

　唐突な質問にクラウスは思わず眉根を寄せた。

「あぁ、そうだよ。それが何？」

「カトリーヌさんから聞いた話では、唯一無二の親友とも呼べるほどの間柄だったとか……。

ルーフィナの事、本当はどう思っているんですか」

「……質問の意図が分かりかねる」

　全く往生際が悪い。

　同じ質問を繰り返すテオフィルに呆れて肩をすくめて見せるが、彼は思いの外冷静だった。

「ルーフィナは知っているんですか？　彼が彼女の両親のせいで死んだと」

(何を言い出すかと思えば……)

　テオフィルの物言いに無性に腹が立った。

「——知る筈がないし、知る必要もない。それにあれは事故だ。彼女の両親のせいじゃない」

「でもカトリーヌさんはそうは思っていないみたいですが」

「カトリーヌがそう言っていたのか」

「えぇ」

「……」

　夫を亡くした当初カトリーヌは酷く悲しみに暮れていたが、これまで彼女から恨み言を聞いた事はない。意外だった。

「ヴァノ侯爵殿。今夜はお時間を頂きありがとうございました。では僕は先に戻らせて頂きます」

「待て、まだ話は……っ!?」

勝手に話を切り上げ立ち上がるとさっさと扉へと向かうテオフィルに、クラウスも席を立つが蹌踉《よろ》めいてしまいソファーに逆戻りした。

「これは……」

その瞬間、また甘い香りが鼻を掠めた。

「大丈夫です、身体に害はありません。ただの睡眠薬入りのお香です。もう少しすればカトリーヌさんがいらっしゃる筈ですから、それまで侯爵殿はこちらでお待ち下さい」

それだけ言い残しテオフィルは部屋から出て行ってしまった。

残されたクラウスはそのままソファーに凭れ掛かった。


「カトリーヌ様……」

華やかに着飾ったカトリーヌは笑みを浮かべながらルーフィナに近付いて来た。

彼女と顔を合わせるのはドーファン家で開かれたお茶会以来で、これで二度目だ。少し緊張してしまう。

「あらクラウスはご一緒じゃないんですか？」

「クラウス様は飲み物を取りに行っております」

「クラウス様、ね」

「？」

何か失言でもしてしまっただろうか……。

瞬間、カトリーヌの顔から笑みが消えたように思えたが直ぐに笑顔に戻った。

「以前のお茶会の時にも思いましたけど、ルーフィナ様は本当に可愛らしい方ですね。今夜のドレスもルーフィナ様によくお似合いですよ。何というか、背中の大きなリボンが若々しくて、身体も華奢だしまるでお人形さんみたい。ただ侯爵夫人としてはちょっと物足りないというか、頼りなく見えてしまうかもしれませんが」

「っ!!」

彼女はルーフィナの頭上からつま先まで、まるで品定めをするかのように眺めるとそう言ってくすりと笑った。

その瞬間、一気に顔に熱が集まるのを感じた。きっと今熟れたトマトくらい真っ赤になっているに違いない。

初めは社交辞令だと思って聞いていたが、違った。流石のルーフィナにも分かる。明らかに嫌味だ。遠回しにルーフィナの事を子供っぽくクラウスの妻には相応しくないと言ったのだ。

カトリーヌを見れば、お茶会の時とは違い身体の線が見える少し露出度の高いドレスを着ていた。髪を巻き上げ頸が見えている。

とても華やかで美しく、誰が見ても大人の女性の色香を感じるだろう。子供っぽい自分とは大違いだ。

ルーフィナは恥ずかしくなり俯いてしまう。

「あぁ、そうでした。実は私ルーフィナ様に大切なお話があるんです」

返答に困っていると不意にカトリーヌに手を取られた。

驚いて反射的に顔を上げると、満面の笑みを浮かべるカトリーヌと目が合う。だが口元は弧を描いているのにその目の奥に冷たさを感じ息を呑む。

「内密なお話なので場所を変えましょう」

「あの、でも私、ここから離れないように言われていまして……」

拒否をしても手を放さない彼女に、ルーフィナは怖くなり手を振り解き後退るが……。

「痛っ……」

今度は腕を強く掴まれ力任せに引っ張られ、耳打ちをされた。

「大人しくして。こんな場所で騒いだら夫であるクラウスが恥をかく事になるのよ。良いんですか？　ヴァノ侯爵夫人」

「……分かりました」

ルーフィナはカトリーヌに従い、大人しく後に付いて行く事にする。

そうでなくても大して役に立っていないのに、ここで騒ぎを起こしてクラウスに迷惑は掛けられない。

今夜初めてクラウスと夫婦として社交の場に出て痛感した。隣に立つ彼は紳士な大人で、自分は社交辞令の一つも言えない子供だという事だ。

そんな事は分かりきっていたのに、自分が情けなく思えた。

「私、まどろこしいのは好きではないので単刀直入に言いますね。クラウスと離縁して下さい」

誰もいないテラスに移動すると、開口一番にカトリーヌがそう言った。彼女の顔からは笑みは消え苛立ちすら感じる。とても冗談を言っているようには見えない。

突然の事にルーフィナは困惑を隠せずにいる。

「本当は貴女と離縁したいのに、クラウスは優しいから言い出せないでいるの。だから貴女から言ってあげて欲しいのよ」

「クラウス様が、私と離縁したいと思っているという事ですか……？」

心臓が大きく脈打ち、それが全身に広がっていく感覚がした。

「だからそう言っているでしょう。ねぇ、気付かなかった？　私の息子、クラウスによく似ていたでしょう？」

「え……」

「レオンはクラウスと私の子供なの」

一瞬何を言われたのか理解出来ず目を丸くしたが、あぁそうなんだ……と妙に納得してしまった。

ルーフィナは記憶を辿る。

似ていたかと聞かれたら確かに髪色は似ていた。顔立ちは、言われれば何となく似ていたような気もしてくる……。

カトリーヌはクラウスの愛人なのだからあり得ない話ではない。

「私の夫とクラウスは唯一無二の親友だった。その夫は八年ほど前に亡くなり、私は悲しみに暮れていたわ。そんな時、友人だったクラウスが亡き夫の代わりに私を慰めてくれた。私にあの子を授けてくれたの」

ルーフィナが口を挟む隙もなく、カトリーヌは恍惚とした表情を浮かべながらのべつ幕なしに語り続ける。

自分はクラウスの一番の理解者で、互いに信頼し愛し合っている事。如何に自分がクラウスに相応しいか、名前だけの妻のルーフィナの存在が二人の障壁になっている事。

クラウスはカトリーヌや息子のレオンを愛していて、そこにルーフィナの入り込む余地などないという事……。

「彼が貴女と夫婦でいるのはただ単に責務よ。貴女を愛しているからじゃない。ちょっと妻として扱われたからって勘違いしないで。そもそも八年もの間放置していたのよ。分かるでしょう？　クラウスは貴女の事が嫌いなの」

彼女の言う通りだ。これまでクラウスがルーフィナに無関心だった事を考えれば、好かれているなどと烏滸がましい事を言うつもりはない。だが、まさか嫌われているとまでは思わなかった……。

「私も貴女が大嫌いよ。だって――」

そして彼女の次の言葉にルーフィナは言葉を失う。

カトリーヌは話し終えるとルーフィナを残し一人広間へと戻って行った。

だがルーフィナは放心状態になりその場から動けずにいた。

『だって、私の夫は貴女の両親のせいで死んだの。それってつまり貴女のせいって事でしょう』

『――』

『大切な友人の命を奪った人間を恨む事はあっても誰が好きになるのよ。きっとクラウスは辛かった筈よ。たとえ名ばかりだとしても、貴女と夫婦でいる事が』

『――』

『何も知らないでのうのうと生きていて本当羨ましいわ。ねぇ、もういいでしょう。クラウスを解放してあげて。私に返してよ。私から夫を奪って、クラウスまで奪うの!?』

暫く立ち尽くしていたが、ふと我に返った。

「戻らなくちゃ……」

ルーフィナは覚束ない足取りで広間へと戻って行った。

ルーフィナは元の場所に戻って来たが、クラウスの姿はまだなかった。その事に少し安堵してしまう。

正直今は彼にどんな顔をすればいいのか分からない。

壁に背を預けクラウスの戻りを待っていると、先ほどのカトリーヌの言葉が延々と頭を廻る。

八年前、両親のせいでカトリーヌの夫が死んだ――。

その夫はクラウスの大切な友人だった――。

カトリーヌの息子はクラウスの子供――。

彼女の言葉を全て鵜呑みにするわけではないが、クラウスとカトリーヌの関係を考えれば信憑性が高いかもしれない。

それに流石に自身の夫の死因を偽るような事はしないだろう。

だが両親のせいとはいったいどういう事なのだろう……。ルーフィナの両親は事故死だと聞いている。でももし何らかの理由で両親のせいで彼女の夫が亡くなっていたとしたら……。

クラウスはその事を知っていて……ルーフィナの事を恨んでいるのだろうか……。

『クラウスと離縁して下さい』

(私は……どうすればいいのかな)

先ずすべき事はクラウス本人に真相を確かめる事だ。分かっている。だが怖い。

どうして今なのだろう。

八年もの時間があったのに……。

(どうして、今なの……)

最近はクラウスとも少しずつだが仲良くなってきたと実感していた。だがそれは全部偽りだったのだろうか……。

本当は知らず知らずの内に彼を傷付けていたのだろうか……。

カトリーヌにもレオンに対しても申し訳なくなってしまう。

もし彼にカトリーヌから言われた事を全て肯定されたら……――。

「ルーフィナ」

どうやら暫く意識を飛ばしていたらしい。

何時の間にかテオフィルが目の前に立っていた。

「テオフィル様……」

「どうかしたのかい？　顔色が良くないね」

心配そうな顔で見てくる彼にルーフィナは首を横に振って見せた。

本当は誰かに相談したい気持ちはあるが、こんな事誰にも言えない。

「初めての夜会だから、少し疲れてしまったのかもしれないね。はい、これでも飲んでリラックスするといいよ」

「え……ありがとうございます？」

差し出されたグラスを受け取ると、木苺のジュースだった。

不思議そうに眺めていると笑われた。

「実は遠目でルーフィナが一人でいるのを見つけたから、もしかしたら喉が渇いているかもしれないと思って持って来たんだ。ルーフィナ、木苺のジュース好きだろう？」

「そうだったんですね。実はまだ何も口にしていなかったので嬉しいです」

ルーフィナはお礼を言って有り難くグラスに口を付ける。甘くて美味しい。

入れ替わり立ち替わり人がやって来ていたのですっかり忘れていたが、そういえば喉が渇いていた事を思い出した。

そして飲み物を取りに行ったまま戻らないクラウスの事も……。

「そういえば、ヴァノ侯爵殿は一緒じゃないのかい？」

「えっと……」

随分前に飲み物を取りに行ってから戻って来ない事を簡潔に話すと、テオフィルは表情を曇らせた。

「ならやはりあれは……ヴァノ侯爵殿だったのかもしれない」

「？」

「実は少し前に、ある場所に向かうヴァノ侯爵殿らしき人影を見かけたんだ。でも後ろ姿だったし、そもそもルーフィナがいるのにあんな場所に行くとは考え辛くてね。人違いかなと思ったんだけど……」

「ある場所ですか？」

言い辛そうにするテオフィルに、不穏さを感じルーフィナは眉根を寄せる。

「大きな声では言えないけど……」

そう前置きをして「裏部屋だよ」と耳打ちをされた。

（それって……）

「あら、テオフィル様。ルーフィナ様とご一緒だったんですね」

その時だった。

ベアトリスとリュカが戻って来た。

二人共少し服装が乱れている気がするが何かあったのだろうか……。

また揉めたんじゃないかと心配になる。

「で、裏部屋がどうしたの？」

声量を抑えながらもリュカは興味津々な様子で話に割り込んできた。

まさか聞こえていたとは……地獄耳だ。

「実は……」

先ほどのテオフィルから聞いた話をすると、二人共に顔を見合わせ気不味い空気が流れた。

「それでルーフィナ、どうする？」

「え、ちょっと待って、テオフィル。もしかして見に行くつもり!?」

テオフィルの言葉に、ルーフィナではなく驚いた様子でリュカが声を上げる。

「ここで思案していても埒が明かないし、肝心の侯爵殿は戻って来る気配もない。このままでは夜会が終わってしまうよ。見たところ、広間に侯爵殿の姿はないし確かめに行くのが手っ取り早いと思わないかい？」

「まあそうかもしれないけど……。ならさ、ルーフィナとベアトリスには残って貰って僕とテオフィルで見に行けば良くない？」

「リュカ様にしては名案ですね！　それが良いです！　そうしましょう！　私とルーフィナ様はこちらでのんびりと待っていますから！」

一言余計なベアトリスをリュカは睨むが彼女はまるで意に介さない。相変わらずだ……。

ベアトリスから腕を組まれ「さぁ、ルーフィナ様、何か飲み物でも！」と提案されるが、手にしているグラスの中にはまだジュースが残っており苦笑した。

「ねぇ、ルーフィナ。君はどうしたい？」

「え……」

リュカやベアトリスの視線が向けられる中、テオフィルは真っ直ぐにルーフィナを見据える。

「君だってもう子供じゃない。ヴァノ侯爵殿の妻として知る権利も、責務もある」

その言葉に息を呑み唇をキツく結んだ。

カトリーヌとの事は話していない筈なのに、まるで何もかも見透かされているように感じた。

テオフィルの言う通りだと思う。

カトリーヌからは子供だと嘲笑されたが、ルーフィナだって物事の善悪の分別のつく年齢であり自分の意思でどうするか判断だって出来る。無論それには責任が伴う事も理解している。

名ばかりかもしれないがルーフィナはクラウスの妻なのだから、その夫のたとえ些末な事にしても人任せにするのは違う。

「テオフィル様の仰る通りです。クラウス様の妻として寧ろ私が行くべきです」

そう宣言するとリュカもベアトリスもそれ以上は何も言わなかったが、複雑そうな顔をしていた。ただテオフィルだけは何処か満足そうに見えた。

広間から廊下へと出ると華やいだ空気は一変して薄暗く静まり返っていた。人気もなく、時折使用人を見かけるくらいだ。

テオフィルに先導されルーフィナ達はその後を付いて行く。

屋敷の奥へ奥へと進んで行きながら、カトリーヌの言葉が頭から離れないでいた。

裏部屋が何の部屋かは分からない。だがテオフィル達の様子からして不穏である事は間違いない。そんな場所でクラウスはいったい何をしているというのか……。

不安や緊張から段々と足取りは重くなり、気付いた時には立ち止まっていた。

「ルーフィナ」

心配した様子のテオフィルは振り返るとそっと手を握ってくれる。

「大丈夫、僕がついている」

「テオフィル様……」

「僕は何があってもルーフィナの味方だよ……僕が君を護るから」

不安な気持ちを落ち着かせるように真っ直ぐにルーフィナを見つめ、優しく笑んでくれた。

そのお陰で少しだけ気持ちが軽くなった気がする。

本当にテオフィルは良い人だ。昔から何時も気遣ってくれて、困っている時には必ず手を差し伸べてくれる。

これからもずっとそんな彼の友人でいたいと改めて思った。

オレンジ色の花が飾られた扉の前でテオフィルが立ち止まり、ルーフィナはリュカやベアトリスと顔を見合わせた。

どうやらこの花は裏部屋の目印らしい。

その先の幾つかの扉にも同じように飾られているのが見えた。

(アネモネの花……)

ルーフィナの好きな花の一つだが、今だけは愛でる気分にはなれない。

呆然とそんな事を考えている中、テオフィルが徐《おもむろ》に扉を開けた。

部屋の中にはナイトテーブルの上にランプが一つ置かれているだけでぼんやりとしていた。

「ねぇクラウス……もう一度いいでしょう……？」

甘ったるい声でベッドに寝ている彼に話し掛けていたのは紛れもなくカトリーヌだった。

彼女はベッドに腰掛けていたが、彼はシーツに包まっていてその様子は確認出来ない。

だが一つ言えるのは、そういった行為の後だという事だ。

幾らルーフィナが男女のそれ等に疎くて鈍くても流石に分かってしまった。

ああ、そういう事なんだ――。

鈍感過ぎる自分に呆れてしまう。

カトリーヌはルーフィナ達に気が付くとワザとらしく乱れた胸元を隠した。

「あらやだ、まだ取り込み中よ」

そしてルーフィナと目が合った瞬間、勝ち誇ったように笑った。

「ルーフィナ様、ごめんなさい。貴女の旦那様、頂いちゃいました。クラウスって、本当にとっても情熱的で激しいですよね……って、ルーフィナ様はご存じありませんでしたね。無粋なお話でした」

これ見よがしに衣服の乱れや解けた髪を整える彼女の唇からは、堪えきれない笑い声が洩れ聞こえてくる。

ルーフィナはただただその様子を眺めていた。

二人が愛人関係である事は以前から知っていたのだから、今更こんな事で驚くのはおかしいと分かっている。

それなのにどうしてこんなにもショックを受けているのだろう……。

きっとこれまでは頭で理解していても何処かぼんやりとしていた。彼女と顔を合わせたのはただの一度きりで、余り現実味がなかったからかもしれない。

それに二人の関係を知った時は、ルーフィナはクラウスの事をまだ他人のように感じていた。

『愛人さんなんですよね』

だから簡単に、笑顔であんな風に言えた。

でも今はこんなにも胸が痛くて息苦しささえ感じる。

カトリーヌから言われた言葉がまた頭の中でぐるぐると廻り、これが現実なのだと思い知らされた。

きっと彼女の話はやはり全部本当なのだろう……。

目の前の光景が全てを物語っている。そう結論付ける他ない。

彼女の息子のレオンはクラウスとの子供で、彼女の夫はルーフィナの両親のせいで亡くなった。その夫はクラウスの大切な友人でありその死の原因を作ったのはルーフィナの両親で……クラウスはルーフィナを恨んでいる。

それならどうして……彼が分からない——。

八年振りに妻に会いに来た夫から言われた言葉は「理解出来たなら、肝に銘じてこれからは気を付けるように」という説教だった。

その後、何故か学院までルーフィナを迎えに来るようになって……。

何時の間にか一緒にお茶をするようになり、何故か毎日花束を贈ってくれたり、時には勉強を見てくれて、朝に屋敷に呼ばれたかと思えばルーフィナに彼が育てた花を見せてくれた。

ふらりと屋敷にやって来た彼と一緒にお菓子を作った時は、本当に楽しかった。

勉強を頑張ったご褒美を買いに二人で出掛けて、馬《フィン》に乗って原っぱを駆けて泉でお弁当を食べた。

雷雨に見舞われた時は、確りと手を繋いでくれた。帰り道は彼も疲弊していた筈なのに背負ってくれて、その背中はとても温かかった。

あの縫いぐるみを欲しかったのがルーフィナだと知りながらも知らない振りをして買ってく

れて、リボンだって彼が選んでくれた……。

初めは冷たい印象で少し怖くさえ感じた彼だが、今は隣にいてくれるだけで安心する。今日の夜会で妻として彼に紹介して貰えて、嬉しかった。それなのに——。

『クラウスは貴女の事が嫌いなの』

「っ——」

それなら今更構ってなんて欲しくなかった。あのまま放って置いて欲しかった。そのまま離縁でも何でもしてくれたら……良かったのに——。

「ルーフィナ、可哀想に」

「っ……」

テオフィルの声に我に返った。

隣で目の色を変え興奮した様子でルーフィナを見ている。

その姿に既視感を覚えた。

あの日の彼等と同じ目だった。両親を喪ったルーフィナを自分達の欲の為に引き取ろうとした大人達と同じだ。

その瞬間、心がスッと冷えていくのを感じた。

「まさかこんな日にまで女性と密会しているとは考えられない。今宵、君と侯爵殿は夫婦として初めて社交界に参加した特別な日だというのに……。君を放置して女性と愉しんでいたなど酷過ぎる、最低だ。君を軽んじているとしか思えないよ。リュカやベアトリスもそう思うだろう？」

「勿論ですわ‼　これまでだってずっと放って置かれて、今度はこんな仕打ち……ルーフィナ様を侮辱なさるのもいい加減にして欲しいです！　リュカ様もそう思いますよね⁉」

「え、うん、まあ、そうだけど……」

テオフィル達の声が何処か遠くに聞こえた。

悲しくて苦しいのに何故か涙は出ない。

「ルーフィナ、そんな顔をしないで。大丈夫だよ、君には僕がいる。だから侯爵とはもう離縁した方が良い……いや、離縁するんだ。侯爵と一緒にいても君は、絶対に幸せにはなれない。僕だけが君を幸せに出来るんだ。君なら分かるだろう、ルーフィナ」

（この人は、誰？　私の知っているテオフィル様じゃない）

何時もの彼の優しい笑みが歪んで見えた。

ルーフィナは縋るようにリュカやベアトリスに視線を送るも二人には気付いて貰えない。

テオフィルの手がこちらへと伸ばされるのが分かり、怖くなり後ろに身を引こうとするが身体が強張り動けなかった。

（い、嫌っ――‼）

パンッ‼

「っ⁉」

その瞬間だった。

乾いた音が部屋に響いた。

「僕の妻に汚い手で触れるな」

開いたままの扉から入って来たクラウスがテオフィルの手を払い除けた。

彼はルーフィナを背に隠すようにテオフィルと対峙する。

「っ!!」

突然の出来事に呆気に取られてしまう。

「クラウス様!?　どうして……!?」

ベッドで寝ている筈の彼が何故部屋の外から現れたのか……わけが分からない。

混乱しながらベッドへと視線を向けると、カトリーヌも目を見開き口を半開きにし呆然としながらこちらを見ていた。

「え、何、これ……何、どういう事!?　え、ちょっと待って、じゃあベッドで寝ているのは誰なの!?」

我に返ったカトリーヌは叫ぶと、混乱した様子で慌ててシーツを捲り上げた。するとベッドに寝ていたのは……。

「アルベール!?」

「あー、その、悪い。ちょっと色々とあってさ、ミスった……」

見覚えのある青年は、ドーファン家のお茶会に参加していたクラウスの友人の一人だった。

カトリーヌに詰め寄られバツが悪そうに謝罪を口にする。

「どうやって……あの時、確かに薬は効いていた筈なのに……」

テオフィルの方は弾かれた手を引っ込める事さえ忘れ、目を見開きクラウスを凝視していた。

「睡眠薬入りのお香、多分君は耐性があるのだろうけど……僕もね、耐性があるんだよ」

「睡眠薬……？」

「っ――」

何やら不穏な単語にルーフィナはテオフィルの顔を見ると、彼は気不味そうに顔を逸らした。

「僕を眠らせ、あたかもカトリーヌとの情事後に見せかけてその現場をルーフィナに目撃させるつもりだったんだろうけど……残念だったね。それでもって勘違いしたルーフィナから離縁するように仕向けるつもりだった？」

「クラウスっ、違うの、聞いて!?　私っ、本当に貴方の事が好きで……だから、その、悪気があったわけじゃないの！　寧ろ私達は良かれと思って……。あ、貴方達の為にした事なの!!　ねぇテオフィル様、そうよね!?」

話を振られたテオフィルだったが、彼女の言葉には無反応で先ほどからずっと俯いたまま黙り込んでいた。

「ちょっと、何か言ってよ!?」

見るからに焦燥感を滲ませながら、カトリーヌは必死に言い訳を並べる。尚もテオフィルに同意を求めたり、そばにいるアルベールに目配せをして助けを求めたりしている姿が酷く滑稽に見えた。

「言っている意味が僕にはまるで理解出来ないし、そもそもどんな言い訳を並べたところで、君達が正当化される事はない。これは歴とした犯罪だ」

「犯罪なんて、大袈裟よ。こんなのちょっとした悪ふざけみたいなもので」

「……」

「私、そんなつもりじゃっ……」

黙り込むクラウスにカトリーヌは言葉に詰まり俯くと暫し黙り込んだ。だが次第に身体を震わせ始めるとスカートを力一杯握り締め顔を上げた。

「わ、私は、悪くないわ!! だって、クラウス言っていたじゃない!? 彼女とは離縁するって! だから私はそれをちょっと後押ししてあげようとしただけよ!!」

〝離縁する〟その言葉にルーフィナは目を見張り、心臓が大きく跳ねた。

追い詰められたカトリーヌの虚言かもしれないが、激しく動揺してしまう。

ベッドで寝ていたのはクラウスではなかった。その事には安堵している。だがまだ彼への疑念は拭えないのも事実だ。何故なら彼女は彼の愛人なのだから。

「何時になってもそんな素振りは見られないし、それどころか私を蔑ろにしてその子を優先させるようになって……。ねぇどうしてよ!? クラウスの隣はずっと私だったたっ……この八年、貴方のパートナーは私だったでしょう!? それって、私を愛してくれていたからよね!? そうでしょう!? 何れはその子とは離縁して、私と結婚してくれるって思ってたのにっ――こんなのおかしい、許せない、貴女のせい……夫が死んだのも、クラウスが私を捨てたのも、全て貴女のせいよ!!　返してよ!?　ねぇ、返して!!　私にクラウスを返して!!」

甲高い叫び声が部屋に響き渡る。

彼女は気が触れたように喚きながらこちらへと向かって来た。そして目に付いたテーブルの上の花瓶を掴むとルーフィナへと勢いよく振り上げた。

ルーフィナは恐怖から目を瞑り身を縮こまらせる。

「っ!!」

ガシャンッ!!　そんな音が響き、恐る恐る目を開けるとガラスと水、花が床に散乱している光景が見えた。

「クラウス様!?」

「大丈夫？　怪我はしていないかい？」

気付けば彼の腕の中にいた。

クラウスはルーフィナを覆い隠すように抱き締めカトリーヌへと背を向けている。

「私は平気です、それよりクラウス様が……!!」

薄暗く怪我の具合を確認する事は出来ないが、確かに花瓶は彼に直撃していた。ポタポタと水が彼の髪を伝い流れ落ちてくる。それなのに自身の事よりもルーフィナの心配をしてくれている。

「それなら良かった」

縋るように彼を見ると、安心させるように笑ってくれた。だが次の瞬間、彼の顔から笑みは

消え失せ冷淡なものに変わった。

鋭く突き刺さるような冷たい視線をカトリーヌやテオフィルへと向ける。

「っ‼　ぁ、あ……ち、違うの、私は、貴方を傷付けるつもりはなくて……」

予想外の出来事に、カトリーヌは蹌踉めきながら後退りそのまま床に尻餅をついた。

「いや寧ろ良かった。もし僕ではなくルーフィナに当たっていたら……君を殴り飛ばしていたところだったよ。無論手加減なんて出来ないだろうから、大変な事になっていたと思う」

そう言ってクラウスは冷笑した。

「今回の件は国王陛下の耳にも入る事だろう。無論僕からもヴァノ侯爵家当主として陛下へは進言させて貰う。これだけの事をしたんだ。勿論、それ相応の覚悟は出来ているんだよね？　それと折角の機会だから言わせて貰う。僕がカトリーヌと愛人関係になった事はこれまで一度たりともないし、そういった対象には絶対になり得ない。カトリーヌにそういった魅力を感じた事はないし、そもそも興味がない。無論彼女の息子と僕は赤の他人だ。カトリーヌ、君の息子は僕の親友だったマリウスの子だ。それを否定する事は彼を否定するも同義であり、そんな君を僕は許せない」

クラウスから怒りや悲しみの感情が痛いくらいに伝わってきて、如何に彼にとって大切な友人だったのかを物語っていた。

「それに僕が大切に想っているのはルーフィナだけだ。彼女と離縁する事はこれから先も絶対にあり得ない」

「――!!」

(クラウス様……)

ルーフィナを抱く腕に更に力が込められたのを感じ、彼の言葉に胸が熱くなった。


数十分前――。

テオフィルが勝ち誇ったように部屋から出て行ったのを確認したクラウスは身体を起こしソファーから立ち上がった。

この部屋に入った瞬間、嗅いだ事のある甘い香りにピンときた。

(睡眠薬か……)

そもそもわざわざこんな場所に連れて来たのには何か意図があるのだろうとは思っていたが、分かり易くて笑えた。

だがまあ、あの二人の思惑ならこの程度だろう。

カトリーヌは正直余り賢くはないし、テオフィルは世間知らずのお坊ちゃんに過ぎない。

「僕も、随分と舐められたものだね」

本気でこんな策略に嵌るとでも思っていたのだろうか。

彼等の意図は分かったが、さてどうしたものかと悩む。このまま何事もなかったように広間に戻っても構わないが、それでは何の解決にもならない。今後の事を考えれば、どうせなら今夜蹴りを付けておきたい。

ただルーフィナの事が気掛かりだ。

テオフィルはルーフィナのもとに向かったに違いない。身の危険はないだろうが、彼女にあの男を極力近付けたくない。これが所謂独占欲というものなのかと自覚して自嘲する。

やはり今日のところは断念をして戻った方が良いだろう。

そう思い部屋から出ようとしたが、扉の外に気配を感じ足を止めた。

クラウスは気配を消し扉の横に身を潜める。これなら人が入って来ても扉は内開き故、相手からクラウスは死角になる。

（カトリーヌか……？）

テオフィルの口振りから考えればこの部屋にやって来るのは確実だ。

「誰もいないじゃん」

警戒していないのか扉を勢いよく開けた人物は部屋に入るなり大きな独り言を言う。

聞き覚えのある声にクラウスは眉根を寄せた。

懐から護身用のナイフを取り出すと、鞘からは抜かずにそのまま構える。扉を力一杯押しやり逃げ場を奪った後、素早くその人物の背後を取った。

「こんな所でいったい何をしているんだい、アルベール」

背中にナイフを押し当てると、彼は両手を高く上げヒラヒラとさせる。降参の意味だ。

呆気ない彼の態度に脱力した。

「成るほど。眠った僕をベッドに運ぶ役目が君だったという事か。そこにカトリーヌがやって来て情事後に見せかけ、その現場をルーフィナに見せると。でも随分と紛らわしい事を考えるね。君を使わなくても、そのまま彼にやらせたら良かったんじゃない？」

窓を開け部屋の換気をしつつ、向かい合わせにソファーに腰を下ろした。

その後、アルベールから事の顛末を聞き出した。大方予想は付いていたが裏付けは必要だ。

「あのお坊ちゃんに、自分と同じくらいの体格の男を持ち運ぶ事は無理だろう。まあ兄貴の方なら問題はないだろうがな」

アルベールは淡々とカトリーヌから協力を求められたと自白した。

協力していた割に、テオフィルの事を馬鹿にしたような口振りに呆れる。

「まあそんな事はどうだって良い。それより君には失望したよ。こんな下らない策略に加担するなんて」

「しょうがないだろう。カトリーヌに泣き付かれたんだ。どうしてもお前と一緒になりたいってさ。そもそもお前だって悪いんじゃないのか？　カトリーヌはずっとお前が好きだった。そんでもってお前も同じ気持ちだと思い込んでいた。他でもないお前がそう思わせていたんだ」

「……」

「誰だって勘違いすると思うぞ。お前みたいな色男と八年もの間パートナーとして夜会やらに参加してきたんだ。周りだって皆そういう目で見てた筈だ。だからこそ奥方と離縁するという言葉をカトリーヌは鵜呑みにした。だが、お前は結局カトリーヌを捨てて奥方を選んだ」

アルベールの言っている事を全て否定するつもりはない。今思えば配慮が足らなかったと思う。だが流石に捨てたとは聞き捨てならない。

「心外だね。捨てるも何も初めからカトリーヌと僕はそういった関係にはない。彼女は旧友の一人であり親友の妻だった、それだけだ。まさかカトリーヌが僕に好意を寄せているとは知らなかったよ」

普段いい加減でへらへらと締まりのない顔をしているアルベールの表情は珍しく険しい。鋭く刺すような視線を向けてくる。小心者なら逃げ出しそうなほどの威圧感に、彼が曲がりなりにも騎士なのだと思い出した。

「本当に気付いていなかったのか」

「夢にも思わなかったよ」

嘘じゃない。正直クラウスだって驚いている。あの日、屋敷に来た彼女からあんな風に言われるまでは気付かなかった。

『でも次からは私を優先してね』

カトリーヌは今でもずっと亡き夫を愛し続けているとクラウスは本気で思っていた。

そもそも夜会のパートナーになって欲しいと言ってきたのはカトリーヌの方からだった。

今から八年ほど前、その日は突然訪れた。

マリウスが殉職したとの知らせが届いたのだ。

突然の友の死に、クラウス達は悲しみに暮れた。

初めは信じられなかった。

彼は正義感も強くとても優秀な騎士であり将来有望と言われ周囲からは期待をされていた。

そんな彼が任務中に亡くなったという。死因は事故だったと聞かされた。

当時、マリウスは王妹夫妻の護衛の為に遠方へと赴いており、時を同じくしてその王妹夫妻も事故で亡くなったと聞いた。

王妹夫妻の死を受けた貴族達は、夫妻の一人娘の引き取り先で大いに揉めていた。

その裏側でマリウスの存在は忘れられ、クラウス達は彼の死をひっそりと偲んだ。

身重のカトリーヌは暫くショックの余り寝込み、ほどなくして出産をした。

アルベール達に連れられ何度か見舞いに行ったが、カトリーヌは産後の疲労と夫を亡くした事に酷く憔悴していた。

それから半年ほど経ったある日、カトリーヌが屋敷を訪ねて来た。

暫く会っていなかったが、久々に会った彼女は血色も良く以前のような元気な姿を取り戻していた。

この時クラウスはまだマリウスの死を引きずっており、しかも幼妻を迎えた直後父が急死……家督を継ぎ侯爵となり仕事などの引き継ぎは全くなかった故手探りでただ只管に寝る間も惜しみ仕事をこなしていた。

『何時までも塞ぎ込んでいるわけにはいかないし、久々に夜会に出席しようと思って。でもやっぱり一人だと心細くて……。クラウスに付き添って貰えたら嬉しいのだけど、ダメかしら？　貴方も少しは息抜きした方がいいわよ』

『そうだね、僕もそろそろ顔を出そうかなとは考えていたんだ。でも聞いているとは思うけど、僕は妻を迎えたんだ。だからパートナーなら他を当たって貰えるかい？』

『勿論知っているわ。でも奥様って言っても、まだ八歳なのでしょう？　なら夜会には参加出来ないじゃない』

『まあ、そうだけど』

『クラウス、私ね。これからはレオンの為だけに生きるって決めたの。だから再婚するつもりとかはなくて……。貴方は奥様が幼いし、社交界に出るまでまだまだ時間も掛かるでしょう？　それまでずっと一人で参加していたらきっと妻がいようが関係なく、これまでみたいに図々しい女性達が寄ってくるわよ？　愛人でもいいから～とか言ってね。そういうのって面倒じゃない。私も似たようなもので、早速実家からは縁談が～とか言われているし。お互い形だけでもパートナーが必要って事で、どうかしら？　奥様が大きくなるまでの間で構わないから』

実際、妻がいようがカトリーヌがいようが寄ってくる女性はいたが格段に少なくはなった。それに以前と違いクラウスも侯爵の肩書を持ち、一人で参加していると周囲の大人達からも舐められるのが実情だったので丁度良かった。それに……。

『だからさ、頼んだぞ』あの日の彼の言葉が頭を過った。

それからお互い利害関係が一致したとして、夜会などの時にはパートナーとして参加するようになった。

「今思えば僕も安易だった。自業自得なのも分かっているよ。でもだからといって今回の事を許す事は出来ない。百歩譲って僕に薬を盛った事はいい。だがルーフィナを巻き込もうとした事は許せない」

テオフィルのあの様子なら、今頃ルーフィナにある事ない事吹き込んでいるのは想像に容易い。

そうじゃなくてもカトリーヌとの関係を誤解されているのに、カトリーヌの息子が実はクラウスとの子供だと言われれば純粋な彼女は信じてしまうだろう。その直後、情事後の様子を目撃などすれば離縁したいと思うかもしれない。

正直、ルーフィナが自分の事をどう思っているかは分からない。だが少なくとも心労を掛けてしまう事は確実だ。もしかしたら、傷付けてしまう可能性もある……。

「クラウス、お前変わったな」

「変わった？」

「昔からずっと感じてた。お前が周りとの間に壁を作って、まるで一人だけ別の世界で生きてるようなそんな感じでさ。他人には全く関心がないし、何をしていても冷めていて楽しそうじゃなかったよな。マリウスは必死にその壁を壊そうとしてたんだ」

アルベールの言葉にクラウスは目を見張る。

まさかそんな風に思われていたとは意外だった。

「そんな中、多少なりとも壊す事が出来ていたんじゃないかって思ってたけど……違った。今のお前をマリウスが見たら驚くだろうな。きっと凄い悔しがってさ、凄く喜ぶんだろうなぁ……」

憂いを帯びた顔で笑うアルベールに、今は亡き友人の姿を思い出した。そして改めて思う。

「アルベール」

クラウスは居住まいを正し彼を見据える。

「今回の事、僕にはマリウスを侮辱しているとしか思えない。カトリーヌの息子はマリウスが生きていた証で忘れ形見だ。彼にとっては何にも代え難い宝物であり、会う事が出来ないまま亡くなった事は無念だったと思う。それを否定する事は彼自身を否定する事と同義だ」

ハッとした顔をしたアルベールは、うなだれた。

「――だよな、悪かった。俺は大馬鹿者だな……。言い訳になるが、そんなつもりはなかったんだ。ただ俺はカトリーヌに幸せになって欲しかった、それだけなんだ……。カトリーヌは昔から我が強くて我儘なところもあるけどさ、それでも俺はあいつが好きだった。まあカトリーヌにはマリウスっていう立派な婚約者がいたし、どうこうなりたいとは思ってなかったけどさ。マリウスが死んで一瞬俺が……なんてつまらない事を考えた事もあった。でもカトリーヌがクラウスを好きなんだって気付いてからは、力になってやりたいと思ったんだ。やっぱさ、好きな女には幸せになって貰いたいものだろう」

その後、反省をしたのかアルベールはクラウスの指示に従うと言ってきた。なので彼をベッドに寝かせ、カトリーヌがやって来るのを待つ事にした。


まだ胸の奥がモヤモヤとしている。

初めてクラウスと夫婦として参加した夜会に緊張しながらも浮かれていた気持ちは何処かへと消え去り今は沈んでいた。

あの後、興奮がおさまらないカトリーヌをアルベールが宥めていると、姿の見えない友人達を探しにラウレンツがやって来た。

クラウスが簡潔に状況を説明すると酷く驚き困惑しながらも暫くカトリーヌとアルベールの身柄はドーファン家で預かると申し出てくれた。

テオフィルの方はモンタニエ家へと使いを出し迎えを寄越して貰った。すると彼の兄であるバルトルがやって来た。

『愚弟がご迷惑をお掛け致しました』

処罰が下るまで屋敷で謹慎させると言い、深々と頭を下げると蒼白な顔をしたテオフィルを引っ張って行った。

その際、テオフィルは、ルーフィナに一瞥もくれる事はなかった。

「今日はもう遅いから、また明日話をしよう」

屋敷に戻りロビーまでルーフィナを送り届けたクラウスは「おやすみ」と言い踵を返す。

「ルーフィナ？」

「あ……すみませんっ」

完全に無意識だったが、気付いたらルーフィナはクラウスの袖を掴んでいた。彼は振り返ると目を丸くする。当然だ、ルーフィナだって自分で驚いている。

「あの、おやすみなさい……」

慌てて袖から手を放して誤魔化すように笑った。すると彼はじっとルーフィナの顔を凝視する。

「？」

暫し見つめ合った後、クラウスは優しく笑んだ。

「ジルベール、部屋を用意してくれ」

「!?」

「今夜は泊まらせて貰うよ」

彼はそばに控えていたジルベールに声を掛けるとルーフィナへと手を差し出した。

「でも寝る前に、少しお茶でもしようか」

応接間で向かい合って座るとジルベールが二人分のカモミールティーを淹れてくれた。フワリと香るカモミールに癒される。

ジルベールは何も言わずとも静かに下がって行った。

「うん、良い香りだ」

何時もと変わらず優雅にお茶を飲むクラウスの頭には包帯が巻かれており実に痛々しい。

ドーファン家の屋敷で医師に診て貰い、軽傷と診断を受けた。その時には既に出血はなかったが念の為にと包帯を巻いた。なので心配はいらないそうだが、自分のせいで彼が怪我をしたと思うと申し訳ない気持ちでいっぱいになる。

「ルーフィナ」

「……」

「ルーフィナ？」

「え……」

どうやらカップを手にしたまま暫しぼうっとしていたらしい。

我に返ったルーフィナは慌ててカップに口を付けた。

ちらりとクラウスを盗み見る。

これまで幾度となく彼が屋敷を訪れる事はあったが泊まる事はなかった。

そのせいか妙に緊張してしまう。

それにあんな事が起きた後なので、お互いぎこちなさを感じる。

「ルーフィナ」

暫し沈黙が流れた後、クラウスが深刻な面持ちで口を開いた。

「折角の夜会だったのに、僕のせいで君には要らぬ心配を掛けてしまったね」

「そんな、クラウス様のせいでは……」

「いや、今回の事は僕に責任がある」

クラウスはルーフィナの目を見てハッキリとそう言いきった。

「ルーフィナ、聞いて欲しい」

「……」

「僕は君と離縁はしない。勝手な事を言っている自覚はある。それでも君を手放したくないんだ」

美しい翠色の瞳がルーフィナを捉えて離さず目が逸らせない。

「すまなかった」

眉根を寄せ、拳を握り締め頭を下げる姿に目を見張った。

「こんな事に君を巻き込みたくなかった。今回の事は確かにカトリーヌ達が加害者ではある。だがその要因は僕にあるんだ。元を辿れば八年もの間、僕が君を放置してきたからだ。周囲からは白い結婚だと噂され、君には見合い話まできていた。それでも僕は何もせず放置してきた……。これでは他者に付け入る隙を自ら進んで与えていたも同然だ」

うなだれながら視線を落とす彼は、他の誰でもなく自分自身に憤りを感じているように見えた。

「それに本来ならもっと早く謝罪するべきだった。今更後悔しても遅いとは分かっている。でも思わずにはいられないんだ……。どうしてあの時、僕は君を突き放したのだろう……僕は愚か者だ」

「クラウス様……」

「でも君はそんな僕に小言一つ言う事もせずにこうしてそばにいる事を許してくれている。十歳以上も歳下の君に甘えているなんて本当情けないね……。ルーフィナ、君の正直な気持ちを知りたい。遠慮や気遣いはいらない、何を言われても覚悟は出来ているから」

クラウスの言葉にルーフィナは唇をキツく結んだ。

先ほどのカトリーヌとのやり取りで二人が愛人関係にはない事が判明した。無論彼女の息子はクラウスの子供ではなかった。

これまで気にも留めていなかった筈なのに、胸を撫で下ろす自分がいる事に気付いた。

その一方で彼女の亡き夫はクラウスの親友だったのは事実で、その彼はルーフィナの両親のせいで亡くなったとカトリーヌは話していた。

クラウスはあの時も離縁はしないと言ってくれたが、もしそれが事実なら……自分に彼の妻でいる資格はあるのだろうか──。

「この八年に関して、クラウス様に対して恨み言を言うつもりはありません。もしあの時、クラウス様が手を差し伸べてくれていたら……確かに違う未来があったとは思います。でも、ただそれだけの事です。感謝こそしても恨みに思う事はありません」

ルーフィナの言葉にクラウスは目を見張り口が半開きになっていた。何時も冷静な彼が珍しい……。

だがそれほど驚いたのだろう。

「今日まで何不自由のない生活を送れてきたのはクラウス様のお陰です。それに私の好きなようにさせて貰ってきました。十分過ぎます」

「いやそれは君の当然の権利で……」

「そうかもしれません。でも権利だろうと当たり前ではない筈です」

大きな屋敷に広い庭、毎日の食事、沢山のドレスや豪華な調度品、優しい使用人達。

彼の言う通りどれも当たり前だと思っていたが、学院に通うようになり友人も出来てそれ等は当たり前ではない事を知る事が出来た。

それにもしも八年前のあの時、あの沢山の強欲に塗れた笑顔の大人達の誰かに引き取られていたなら、きっと今こうして笑えていなかったと思う。

「それにこの八年の間、クラウス様が私に関心がなかったように私もまたクラウス様に全く以て関心がなかったのも事実ですから」

そう言ってくすりと笑って見せると、クラウスの顔が引き攣るのが分かった。

「だからおあいこです」

互いに関心がなかったのだからお互い様だ。彼だけが悪い筈がない。ルーフィナからだって歩み寄る事は出来た筈だと今なら思う。

「クラウス様。私は今、クラウス様の妻で良かったと思います。それが全てです」

「ルーフィナ……」

「ただ……」

「ただ？」

一瞬にして緊張が走り、彼が息を呑むのが分かった。

「……いえ、やっぱり何でもないです」

口を開く直前で真実を聞くのが怖くなり、笑って誤魔化してしまった。

「話したくないなら無理強いはしないよ。ただもし君が話してもいいと思える日が来たら聞かせて欲しい」

「っ……」

クラウスは立ち上がるとルーフィナのそばまでやって来て優しく頭を撫でてくれた。

「さあ、もう寝ようか。だいぶ遅くなってしまったね」

時計を見れば疾うに日付は変わりいい時間だ。

その瞬間、急に眠気に襲われる。

気が抜けたのか一気に身体も重く感じた。

はしたないが我慢出来ずに欠伸をしてしまい慌てて口元を隠す。だが彼にはバッチリと見られていたらしく笑われた。そして――。

「きゃっ……クラウス様!?」

「寝惚けて階段を踏み外したら大変だからね」

「だ、大丈夫です！　下ろして下さいっ」

次の瞬間、ルーフィナはクラウスに横抱きにされていた。

恥ずかしさから初めは細やかな抵抗をしたが彼の匂いと温もりに心地良くなり次第に瞼は重くなっていき……ゆっくりと目を閉じた。

# 第七章　別れと友情と

何時もと何等変わらない穏やかな昼下がり、柔らかな日差しと心地の良い風の吹く中、学院の中庭のガゼボで男女三人で昼食を摂っていた。その中にテオフィルの姿はない。彼はいまだ自邸で謹慎中だ。

例の事件から半月余り経ったが、いまだに加害者である彼等に処分は下っていない。

処分対象はカトリーヌ・ミシュレ、アルベール・ブロリー、そして友人であるテオフィル・モンタニエだ。

小耳に挟んだところでは、主犯格とされるカトリーヌには重い処罰が科されるのではないかと言っていた。他の二人は彼女を幇助《ほうじょ》したとしてそれ相応の処罰が科せられるとの事。

この話は兄達が父から聞いた話なので信憑性は高い。

ただ今社交界では、あの事件の噂が広まり面白おかしく言われている。

彼《か》のモンタニエ公爵の令息がヴァノ侯爵の妻を寝取るのに失敗した、ミシュレ伯爵家の未亡人がヴァノ侯爵に捨てられた腹いせに侯爵を毒殺しようとして失敗したなど色々と歪曲されている。

数日前、リュカはモンタニエ家の屋敷を訪ねた。

突然の訪問故に門前払いをされる事も覚悟していたが、使用人に名乗るとすんなり通して貰えた。

『ごめん』

『どうして君が謝るんだい』

あれからまだ半月も経っていないにもかかわらず、彼と顔を合わせる事は随分と久々のように感じた。

そんな彼は血色が悪く以前に比べて痩せて、いややつれたとの表現が近いかもしれない。

案内してくれた使用人が殆ど食事を摂っていないと洩らしていたのを思い出す。

『……君がルーフィナを好きな事はずっと気付いていたんだ。でも彼女は出会った時既に結婚していたから、テオフィルはその辺は線引きしているんだと思っていた。こんなに思い詰めるくらい彼女を想っていたなんて思わなかった……。僕は君の友人失格だね』

『リュカは悪くない。全て自分が招いた結果だよ。それに僕もまさか自分でこんな風になるとは思わなかった。君の言う通り、自分では線引きをしているつもりだったんだ……。だけど、ヴァノ侯爵がルーフィナに接触し始めた辺りから少しずつ焦燥感に苛まれるようになって、気付いたら自分を見失っていた。そもそも僕は錯覚していた。彼女を護る騎士を気取っている内に彼女は自分のものなんだと、何時か本当の意味で手に入れる事が出来ると心の何処かで思っていたんだと思う。本当は最初から線引きなんて出来ていなかったんだ。僕は愚か者だよ』

『テオフィル……』

『まだ決定ではないけど、僕は多分修道院へ行く事になると思う』

男女関係なく修道院へ入れれば恋愛も結婚も許されず、外の世界とは完全に遮断され自由もなく規制に縛られ生きていく事になるだろう。

『これからは彼女の幸せを祈りながら、ひっそりと生きていくよ』

「リュカ様、聞いていますか？」

「え……」

ベアトリスからの問いかけにリュカは我に返った。

するとベアトリスが眉根を寄せこちらを不審そうに見ている。

「えっと、何だっけ？」

「もう直ぐクラス替えですね！　また一緒になれると良いですね！　ってお話です！」

「あー……そうだね」

(もう、そんな時期なんだ……)

学院に入学してから四人はずっと同じクラスで一緒だった。

それにたとえクラスが別々になっても、学院を卒業したとしても友情や関係性は変わらない筈だと漠然と思っていたのに――。

「……」

その場は静まり返り、明らかに気不味い空気が流れた。

ベアトリスなりに気を遣っているのだとは分かる。だが流石ベアトリスだ。逆効果になっている。

ルーフィナを見ればただ一点を見つめて呆然としていた。

「……あの、私図書室に用事があったのを思い出したので先に戻ります」

「え、ルーフィナ様!?」

突然立ち上がり手荷物を手早く纏めるとルーフィナは一人行ってしまった。

予想外の事に狼狽えるベアトリスに苦笑した時、ルーフィナの座っていた場所にハンカチが置き忘れてある事に気付いた。

昔から少し抜けているルーフィナらしい。これまではそんな彼女をテオフィルがフォローしていた。そう思うとやるせなくなる。

「あらルーフィナ様、ハンカチをお忘れですね」

「後で渡してあげなよ」

「リュカ様に言われるまでもありません！」

相変わらず自分にはツンケンしているベアトリスだが、あの事件のあった夜会で二人きりになった時は少しだけ可愛げがあった事を思い出す。

あの時実は、例の歳上の彼が別の女性と仲睦まじくしている姿を目撃してしまったのだ。

相当ショックだったらしく、無言のままベアトリスはその場から走り去った。その後をリュカは慌てて追いかけたのだが思いの外足が速く追い付けない……。

今更だがドレス姿で廊下を全力疾走する女性を息を切らしながら追う様は異様だったに違いない。一歩間違えばとんでもない噂が立っていてもおかしくなかったと思う……。

その後、リュカが一足遅れて中庭へと出ると涙を堪えるベアトリスがいた。

見ていられず思わず抱き締めると、意外にも彼女は身を任せてきた。

普段からは考えられないほどしおらしい彼女に拍子抜けしながらも落ち着くまで慰めた。

甘い雰囲気が漂う中、普通ならばその後はキス……となるのだろうがそうはならなかった。

何故なら目が合った瞬間「リュカ様、ボロボロですね」と彼女が悪態を吐き笑ったのだ。

確かに全力疾走したせいで互いに髪や服は乱れていた。

いったい誰のせいだと思っているのだろうかと内心ため息を吐いたが、暫く険悪だったのが解消されたのでまあ良かったかもしれない。

「リュカ様」

「え、あぁ、何？」

また物思いにふけてしまった……。

「テオフィル様は、これからどうなってしまうのでしょう……」

不意にベアトリスはそう呟いた。

その表情は憂いを帯びている。彼女らしくない。

ルーフィナもテオフィルもリュカやベアトリスにとって大切な友人だ。だからこそ複雑な思いになる。

彼がルーフィナにした仕打ちは許せない。ただリュカはテオフィルの苦しい気持ちを知っている。それに何も出来なかった自分に彼を責める権利はないとも思う。

事件について不自然なほど何も言わないルーフィナだが、きっと彼女が一番苦しい思いを抱えている筈だ。

「分からない。でも僕は、これからも彼の友人を辞めるつもりはない」

目を見張り唇をキツく結ぶベアトリスにそう言って笑って見せる。

丁度その時、予鈴が鳴ったので立ち上がり彼女へと手を差し出した。


何時も隣で笑っていた彼女。手を伸ばせば触れる事が出来る距離にいた。一緒にいるのが当たり前だった。誰よりも彼女を理解し、護ってあげられるのは自分だけだと錯覚していた。

ドーファン家の夜会から一ヶ月が過ぎた。

自邸で謹慎をしていたテオフィルに処罰が下された。

事前に兄から聞かされていたようにテオフィルは地方の修道院に入る事になった。

出立は明日の朝だ。荷造りなどは既に終えている、と言っても修道院には余計な物は持ち込めない為そもそも大した荷物はない。

あの夜、兄が迎えに来てくれ自邸に戻った後テオフィルは父から叱責をされた。

普段穏やかな父からモンタニエ家の名に泥を塗ったと怒鳴られ頬を殴られた。それ以降父とは顔を合わせていない。

きっとテオフィルに失望したのだろう。だがそれも今更だ。元々兄のバルトルと違い弟のテオフィルは父から大した期待はされていなかった事を知っている。

天才肌の兄は昔からどんな分野でも才能を発揮し、特に剣術などは誰もが認める腕前だ。そんな兄は父からも周りからも大きな期待を寄せられていた。何れ父の後を継ぎ公爵となり優秀な騎士団長となる筈だ。

それに比べて自分は、勉強も剣術も常に努力をしなくては上位を維持する事は出来ない。それ故、昔父から騎士団に入団するように勧められたが頑なに断った。情けないが、これ以上兄と比較される事が怖かった。


翌朝、身支度を整え屋敷を出た。

周囲は朝霧が立ち込め少し肌寒い。

そしてやはり父の姿はなかった。もう会う事もないかもしれない。

門前には馬車が用意されており、兄が待っている。地方にある修道院までは兄が送り届けてくれるそうだ。

弟を心配してというわけではなく、身内の不始末は身内で片付けるという事だろう。

「テオフィル」

思わず足を止めて屋敷を振り返り暫し呆然としていると、不意に名前を呼ばれた。

声の主に視線を向けると門の前にリュカとベアトリスが立っていた。

「リュカ、ベアトリス……」

リュカはこちらを真っ直ぐに見据えながらゆっくりと歩いて来る。

思えば彼とは長い付き合いだった。

リュカとは学院に入る前からの顔見知りで、知り合ってから彼此《かれこれ》十年くらいは経つ。ただ入学する前は顔見知りではあったが挨拶をする程度の間柄だった。

入学して同じクラスになり、友人となった。

「見送りに来てくれたのかい」

「まあね」

リュカの頭を見れば相変わらず寝癖がついていた。面倒臭がりの彼らしい。

(君は、変わらないね……)

「これ餞別」

手渡されたのは銀の懐中時計だった。文字盤には黄色の宝石が埋め込まれている。

「トパーズ……？」

専門家ではないので断定は出来ないが、見覚えがあったので恐らくそうだと思った。

「テオフィル、僕はこれからも君の友人を辞めるつもりはないから」

「っ……」

思いがけない言葉に胸が詰まった。

涼やかな風が吹き、霧が少しずつ薄らぐ。

リュカの茶色の瞳が射し込んだ朝日を反射していた。

そして彼は得意気に笑った。

「……ありがとう」

こんな情けなく愚かな自分の事をまだ友人と言ってくれる彼に心から感謝した。

「テオフィル、そろそろ時間だ」

待ちくたびれたであろう兄に促され、リュカやベアトリスに別れを告げる。

「手紙、書くよ」

「わ、私も！　書きます！」

リュカとキツく握手を交わし、ベアトリスとはアイコンタクトで頷いて見せた。

この一ヶ月、気持ちの整理は付けてきた筈だった。だがやはり寂しさを感じてしまう。そんな権利は自分にはないとは分かっているが、これぱかりはどうにもならない。

後ろ髪を引かれながらもテオフィルは二人の横をすり抜けた。

侍従が扉を開けてくれ馬車に乗り込もうとしたが、ふと視線を感じ足を止める。

テオフィルは馬車の進行方向とは逆の道の先へと目を向けた。

するとそこには人影と馬車が止まっているのが分かった。その瞬間、強い風が吹き一気に霧が晴れ視界が鮮明になった。

「っ――」

自分の目を疑い一瞬呼吸が止まった気がした。何故なら道の先には、彼女がいたから――。

憂いを帯びた顔をしているルーフィナのそばには、馬車に背を預け不機嫌そうにしているクラウスの姿があった。

見送りに来てくれた事に嬉しさが込み上げてくる一方で、やはり居た堪れなくなってしまい顔を伏せようとしたが、グッと堪える。

ここからでは声は届かないと分かっていたが、唇が勝手に動いていた。

「ごめん」

あの事件後、彼女と会える筈はなく謝罪も出来なかった。

だがどうしても彼女に謝りたくて手紙を求めたが、兄から「これ以上恥の上塗りをするな」「お前は余計な事を考える必要はない」と言われ処分されてしまった。

ルーフィナはテオフィルの言葉を理解したように目を見開いた後、まるで花が綻ぶように笑ってくれた。

その瞬間、彼女と初めて出会った時の事を思い出した。

『君、大丈夫かい』

眩しいほどの日差しが降り注いでいた。

入学式の日、門を潜り校舎に向かい歩いていた。すると一人の少女が道から逸れて校舎とは違う方向へと走って行くのが見えた。

何となく気になってしまい後を追うと、彼女は何故か木の前で背伸びをして一生懸命に手を伸ばしていた。

『え!? あ、その……』

『もしかして、これかな』

木の枝に引っ掛かっていたリボンを取ると、彼女に手渡した。

『ありがとうございます! 実は風に飛ばされてしまって……』

確かにその日は風が強かった。

彼女は風で乱れた髪を直そうとしたが、誤ってリボンを解いてしまいそのまま風に飛ばされたと話す。

何だか少し抜けていそうな子だとそう思った。

『ああ、やっぱり』

『え……』

教室に入ると先ほどの彼女がいた。

しかも席が隣だ。

『僕はテオフィル・モンタニエ、宜しく』

『ルーフィナ・ヴァノです。宜しくお願いします』

そう言ってあの時も彼女は花が綻んだように笑った。

テオフィルは唇をキツく結び歯を噛み締めると、真っ直ぐに見据えた。

もう二度と会えない彼女の姿をこの目に焼き付けるかのようにして瞬きも忘れ彼女を見た。

「出立するぞ」

再び兄から促され、テオフィルは今度こそ馬車へ乗り込んだ。

その後に兄が乗り込むと扉が閉められた。その音が嫌に耳についた。

「テオフィル」

馬車が走り出し暫く経った時、ずっと黙り込んでいた向かい側に座る兄が口を開いた。

「ほとぼりが冷めたらお前を呼び戻す。それまで暫く頭でも冷やしていろ」

思わず兄らしいと笑ってしまった。

「兄上、僕は――」


あの夜会から一ヶ月。遂にカトリーヌやテオフィル達に処分が下った。

カトリーヌは夫が亡くなってからも婚家に留まり暮らしていたが、ミシュレ家からは追い出された。また生家である子爵家からも縁切りをされ最終的に貴族籍を剥奪された。これからは平民として生きていく事になる。ただそのまま身一つで放り出す事はせずに、地方の小さな町で下女として働けるように手配をしたと聞いた。

そんな彼女に加担したアルベールは、これまで通り騎士団に在籍を許されたものの国境沿いへの無期限の赴任が決まった。

ペルグランは現在他国と戦はしておらず平和ではあるが一部地域では治安が悪く、特に国境沿いでは賊などとの争いで年間一定数兵士達が命を落とす事があるらしい。

そしてテオフィルは、地方にある修道院へ入る事が決まった。

あの時、カトリーヌから向けられた敵意や言われた言葉にショックを受けた。だがそれと同じくらいテオフィルがその彼女に加担していた事がショックだった。

彼から明白な言葉を聞いたわけじゃない。だが流石に鈍感なルーフィナにも分かった。自惚れでなければテオフィルは自分の事を好いてくれていた。それは友人としてではなく女性として……。

何時からなのかは分からない。でもそんな事はどうでも良くて、問題はそこじゃない。

気付かなかった。気付いてあげられなかった。

ずっと頼りになって優しくて良い友人だと思っていた。でもそう思っていたのは自分だけだった。

『ルーフィナ、そんな顔をしないで。大丈夫だよ、君には僕がいる。だから侯爵とはもう離縁した方が良い……いや、離縁するんだ。侯爵と一緒にいても君は、絶対に幸せにはなれない。僕だけが君を幸せに出来るんだ。君なら分かるだろう、ルーフィナ』

何時もの優しい笑みが歪んで見えた。

あんな風になるまで彼を追い詰めたのは自分だ。知らず知らずの内にずっと彼を傷付けていた。

ただもし気付いていたとしても彼の気持ちに応える事は出来なかった。なら何が正解だったのだろう……。

「ルーフィナ」

「え……」

ルーフィナは名前を呼ばれ我に返った。

最近は延々と自問自答を繰り返し、ぼうっとする事が増えている。

向かい側に座り食事を摂っているクラウスが食べる手を止めルーフィナを見ていた。

「食欲がないのかい？」

「い、いえ……」

否定をするものの説得力は皆無だ。何故なら手元の皿を見ればサラダもチキンソテーも綺麗に盛り付けられたままで手付かずだ。スープもすっかり冷めきっている。

クラウスは呆れたようにため息を吐くと温めなおすようにとジルベールに声を掛けた。

「このままで大丈夫です！」

慌ててフォークとナイフを握るが、ジルベールは手早く下げるとサラダ以外のお皿を持って行ってしまった。

戸惑いながらクラウスを見ると、彼はワインを煽りルーフィナを睨んでくる。

最近の彼は以前とは違い穏やかで優しかったので、久々の威圧感に一瞬心臓が跳ねた。

何か怒らせる事でもしてしまっただろうか……。

「明日の朝、彼が出立するらしいよ」

「!!」

予想外のクラウスからの言葉に目を見張る。

誰とは言わずともテオフィルの事だと分かった。

「そうですか……」

体裁を考えてもクラウスの妻であるルーフィナが見送りに行く事は出来ない。

無論クラウスだって分かっている筈だ。だからどうしてそんな事をわざわざ言うのか分からない。

「きっともう会う事はないだろうね」

「……」

「かなり田舎みたいだし、それに修道院に入れば自由もなく外部とは遮断される。けど自業自得だね、同情は出来ない。折角公爵家に生まれたのに、馬鹿な男だよ」

辛辣に言い捨てるクラウスを思わず睨み返した。

「そんな言い方……あんまりです」

「でも事実だ」

分かっている、クラウスは悪くない。事実を述べているだけだ。それに彼は被害を受けた側だ。テオフィルを快く思う筈がない。恨み言の一つでも言いたくなるのだろう。それは分かっている。分かっているけど、でも――。

「クラウス様がテオフィル様を許せないのは当然です。それを非難するつもりはありません。でも、テオフィル様は本当はあんな事をするような方じゃないんです。優しくて頼りになって困り事があると何時も助けてくれて、それにとっても友人思いで周りからも慕われていて……。本当はあんな事、したくなかった筈で……でもそうさせてしまったのは、きっと私のせいで……だから、だからっ、テオフィル様を悪く言わないで下さいっ!!」

気付けばテーブルに手をつき立ち上がって声を荒らげていた。

やってしまった……。

静まり返る食堂にカトラリーが床に落ちる音が響く。

「あ……申し訳ありません……」

ルーフィナは我に返り直ぐに謝罪をする。

彼が悪いわけではないのに責めるような事を言ってしまった……。

絶対に怒られると思いながらクラウスを見れば、真剣な表情でこちらを見ていた。

「君がまだ彼を友人だと思っているなら見送りに行くべきだ」

「え……」

「この一ヶ月、ずっと悩んでいたね。君が僕に遠慮している事も分かっていた。本当は直接彼に会いに行きたかったんじゃないかい?」

「っ……」

半分正解で半分は不正解だ。

自分の立場を考えればどんな理由があろうともテオフィルに会いに行くべきではない事は理解していた。きっとクラウスにも迷惑を掛けてしまう。

それにルーフィナが会いに行けば謝罪を要求しに行くも同じだ。

モンタニエ公爵からは既に直々に謝罪は受け、クラウスもルーフィナもそれを受け入れている。話によれば彼は憔悴しきっており罪を悔いているという。

それに処罰も下った。これ以上彼を責めるような真似はしたくない。

だがその一方で彼がどうしているのか心配だった。

「本音を言えば僕としてはもう二度と彼とは関わりを持って欲しくない。これは体裁とかそんな事は関係なく、君の夫として嫌なんだ。我ながら狭量な人間だとは分かっているよ」

クラウスは肩をすくめ苦笑する。

「けど君が行きたいなら止めるつもりはないよ。さっきも言ったけど、彼とは二度と会えないかもしれない。僕は君に後悔をして欲しくないんだ」

翌朝、馬車を走らせモンタニエ家の屋敷へと向かっていた。

前方に馬車が止まっているのが見え、馭者は屋敷より少し手前で馬車を止めた。

扉を開け外に出ると霧のせいで視界が頗る悪い。だが目を凝らすと屋敷前に数人の人影が見えた。

「行っておいで」

ここまで来て躊躇っているルーフィナに、一緒に付いて来てくれたクラウスが声を掛ける。

その時だった。

少し強い風が吹き目の前が一気に明るくなる。霧が晴れ空からは眩いくらいに朝日が射し込んだ。

そしてルーフィナの視線の先には馬車に乗り込もうとするテオフィルの姿があった。

彼は酷く驚いた表情を見せた後、何かを堪えるように顔を歪ませると口を開く。

ただここからは距離がある為、彼の声は届かない。だがルーフィナには口の動きや表情でテオフィルが何と言ったか確かに伝わった。

ごめん――。

そう言っていた。

こんな時どうするのが正解なのか、分からない。

駆け寄って気の利いた言葉の一つでも言ったら良いのか、それとも謝罪を述べた方が良いのか……。

『ルーフィナの笑顔は僕に元気をくれるんだ』

「！」

戸惑う中、何時か彼から言われた言葉がふと蘇った。

今自分に出来る事は、笑顔で彼を送り出す事なのかもしれない。

昨夜クラウスはテオフィルとは二度と会えないかもしれないと話していたが、ルーフィナはきっとまた会えると信じている。何時か彼が戻って来たその時は、友人として笑顔で彼を迎える……そんな願いや祈りを込めながら彼へと笑みを向けた。

馬車が見えなくなってもルーフィナは暫く動けず立ち尽くしていた。

上手く笑えただろうか……。

少しでもテオフィルにこの想いは届いてくれただろうか……。

するとクラウスから頭をポンッとされ撫でられた。

そっと差し出された手に自らの手を重ねるとぎゅっと握り締めてくれる。

「帰ろうか」

「はい」

二人は馬車に乗り込むと帰路へと就いた。


馬車に揺られ窓から流れる景色を眺める。

クラウスは平静を装っているが、内心動揺していた。

何時も向かい合わせで座っているが、今日はルーフィナの隣に腰を下ろした。

自分ではかなり踏み込んだ行動だと思っていたが、彼女に変わった様子は見られず落胆する。

馬車が走り出し暫くはそのままだったが、クラウスは椅子の上に置かれていたルーフィナの白くて小さな手に触れた。だがやはり特に反応はなく彼女は窓の外の景色を眺めている。

(もしかして気付いていないのか……?)

超絶鈍い彼女は景色に夢中でどうやら手に触れている事すら気付いていないらしい……。

クラウスはならばと今度は指と指の間に自らのそれを絡ませて握ってみた。

「?」

これには流石に気付いたようで顔をこちらに向ける。だが急に羞恥心が湧き起こり、平静を装い足を組み替え澄まし顔で正面を向いた。

「ルーフィナ、着いたよ」

ガタンと少し揺れて馬車は立派な門構えの屋敷前に止まった。

終始馬車の壁を睨みながらも意識は彼女と繋がれている手に集中していた。別段嫌がる素振りはなかったので、到着するまでの間はずっと握ったままだった。少し気分が良い。

「本日は御足労頂きありがとうございます」

馬車から降りると出迎えてくれたのは人好きのする笑みを浮かべたミシュレ伯爵夫妻で、マリウスの両親でありレオンの祖父母だ。

カトリーヌ達に処罰が下ってから数ヶ月が経った。母であるカトリーヌがいなくなり息子のレオンは父方の祖父母に引き取られている。

ルーフィナがレオンを気に掛けていたので学院が長期休みに入ったタイミングで彼女を連れレオンに会いに来た。

「その節は身内が度重なる御無礼を働き、ご迷惑をお掛け致しました」

処分が下った後、軟禁状態だったカトリーヌが屋敷を抜け出しクラウスの住むヴァノ本邸へと押し掛けて来たが不在だった為、ルーフィナの暮らす別邸にまでやって来た。丁度その時、クラウスも居合わせたのだがそこでまた一悶着あり大変だった。

『やっぱり、ここにいたのね』

レオンを引き連れ現れたのはカトリーヌだった。

以前とは別人のように髪はボサボサで、服装も乱れ肌艶も悪い。

『クラウス!! 助けて! 私このままじゃ貴族籍を剥奪されて、田舎に連れて行かれてしまうの! 平民なんて嫌よ! そんな事になってしまったら生きていけないわ! 頼れるのは貴方しかいないの、お願いっ……』

クラウスへと縋るように詰め寄ってきたが、先ほどまでルーフィナに向けていた彼の笑顔は一瞬にして冷たいものに変わった。

『全く、随分と警備が甘く困ったものだ。ジルベール、彼女を自邸まで送ってやってくれ。いや、ミシュレ家の本邸の方が良いかな』

『い、嫌! お願いっ、私を助けて!! ねぇ私には息子もいるのよ!? 私がいなくなったら可哀想じゃない!』

これ見よがしにカトリーヌは連れて来た息子のレオンをクラウスの前に押し出す。

必死に同情を引こうとしている事が窺える。まあその為に連れて来たのだろうが。

『ほら、レオンもお願いしなさい!! 早く! 言いなさい!!』

『……ヴァノ侯爵様、僕の……お父様に、なって……下さい。お母様を、助けて下さい……お願いします……』

なりふり構わないカトリーヌの言動に、うんざりし吐き気すら覚えた。

絞り出すような声でそう言い終えると、レオンは小さな拳を握り締め唇を噛み締める。

その様子からカトリーヌに言わされている事は明白だ。よく見ると彼の左の頬は赤くなっていた。

『カトリーヌ、これ以上僕を幻滅させないでくれ。子供を使って同情を引こうとするなんてどうかしている』

『っ……だって、仕方ないじゃない!? こうでもしなくちゃ誰も私を助けてくれないでしょう!?』

『彼は君の道具じゃない』

『この子は私が産んであげたのよ! 私の言う事を聞くのは当然でしょう!? 大体こんな時くらいしか役に立たないんだから! そもそも可愛くないのよ!! この子がいなかったら私はもっと自由だったたっ、貴方とだってもっと上手くいった筈なのに!! どうしてこんな事になるのよ!?』

錯乱した様子で頭を掻きむしり喚き散らす。

『カトリーヌ、本人の前だ、口を慎め』

『まだ八歳よ!?　碌に理解なんてしてないし、直ぐに忘れちゃうわよ！　それにこの子、馬鹿なんだから』

嘲笑し、そう吐き捨てた。

とても母親の言葉とは思えない。

その時だった。隣にいたルーフィナがスッと前に出たと思ったら、レオンの前に蹲み込み彼の両耳を手で塞いだ。

『ルーフィナ……？』

奇妙な行動にクラウスは困惑する。

『大丈夫、もう聞かなくていいからね』

真っ直ぐレオンの目を見てルーフィナは笑んだ。

『ちょっと、私の息子に何して』

『レオン君はまだ子供ですが、ちゃんと理解しています。たとえ大人達の難しい言葉の意味までは理解出来なくても、感情は伝わるんです。心ない事を言われれば傷付きます。きっと忘れる事だってありません……。レオン君の父親はもういなくて、護ってあげられるのは母親である貴女しかいないのに、どうしてそんな酷い事を言えるんですか。貴女は自分の事ばかりですね。心配じゃないんですか？　レオン君はこれから一人ぼっちになるんですよ!?』

彼女の言葉にクラウスは目を大きく見開き、胸が締め付けられた。

きっと彼女は――。
その後、カトリーヌを使用人達が拘束し馬車に乗せ彼女の屋敷ではなくミシュレ家の本邸に連れて行き、事の経緯を説明してレオンと共に引き取って貰った。

クラウス達は屋敷内へ通され、案内されたのは応接間などではなく中庭だった。

「ルーフィナ様！」

顔に汗を滲ませ懸命に木剣を振っていた少年は、こちらに気が付くと駆け寄って来た。

「お久しぶりです」

「レオン君、お久しぶりです」

はにかみながら挨拶をした少年ことレオンの姿にルーフィナは微笑んだ。

「元気そうだね」

「あ、ヴァノ侯爵様、お久しぶりです」

彼はクラウスを見ると慌てて頭を下げた。

クラウス達は椅子を勧められ、中庭の簡易テーブルの上にはお茶と焼き立てのスコーンが用意された。

向かい側にはミシュレ夫妻とレオンが腰掛け暫し会話を交わす。

「僕、騎士団の入団試験を受けようと思っています」

本当は以前から騎士団に入団したいと思っていたが、母であるカトリーヌはまるで取り合ってくれなかったそうだ。

彼女なりに何か思うところがあったという事だろうか……。

「僕、強くなりたいんです。誰よりも強くなって、この国の人々を守れる騎士になりたい」

彼が生まれる前にマリウスは亡くなったが、やはり血は争えないと感じた。

それにしても母親であるカトリーヌがあんな事になり気落ちしているのではないかと思っていたが、予想に反して随分と元気そうだ。ルーフィナも安堵した様子だった。

「外では息子思いの良き母として振る舞っておりましたが、屋敷内ではまるで違ったようで」

ミシュレ夫人が苦笑し、そう語った。

カトリーヌは、お茶会などで息子を可愛がる素振りを見せていた一方で、屋敷に戻れば必要最低限の会話しかせず息子の世話は全て使用人達に丸投げで関心もなかったそうだ。その為、カトリーヌが居なくなってもレオンは寂しがる事はなかったと話す。

あの時のカトリーヌの言動からして事実で間違いないだろう。

「私共も余り干渉するのも良くないと思い積極的に関わってこなかったもので気付く事もなく……今は後悔しております」

暫しお茶や会話を楽しんだ後、レオンからの申し出で剣術の稽古の様子を見る事になった。

初めは素振りを見ているだけだったが、途中クラウスも加わり直接指導を始めた。マリウスの血を引いているだけあり筋が良い。

ふと木剣を振るうレオンの姿に彼の面影を感じ、学院生時代の記憶が蘇り目を細めた。

（彼ともよくこうやって手合わせをした……）

ひどく懐かしくなる。

きっとレオンもマリウスのような立派な騎士になるだろう。

「ルーフィナ様、また会いに来て下さいますか？」

「えぇ、勿論です」

上目遣いで少し不安げに訊ねるレオンの姿にルーフィナは明らかにときめいていた。「天使です」と呟いた声は絶対に空耳なんかじゃない……。

「また夫婦揃って訪問させて貰うよ」

クラウスがそう言うと一瞬間があり「……はい、お待ちしております」とレオンが笑顔で答える。気のせいだと思いたいが、ルーフィナに向けるレオンの眼差しに違和感を覚え思わず顔が引き攣った。

帰りの馬車でいまだときめいているであろうルーフィナに「会いに来る時は必ず僕が同伴するから」と念を押した。

笑顔で返事をする鈍感過ぎる彼女を見てクラウスは深いため息を吐いた。

# あとがき

初めまして、秘翠ミツキと申します。この度は『旦那様は他人より他人です〜結婚して八年間放置されていた妻ですが、この度旦那様と恋、始めました〜』をお手に取って頂き本当にありがとうございます！
普段私は、複数のウェブ小説サイトで小説を掲載させて頂いておりまして、今回はその内の一つからお声掛け頂き出版する事になりました。
この作品もそうですが、基本的に異世界恋愛ファンタジーものを書いております。
そこで皆様はどんなヒロイン＆ヒーローがお好きでしょうか？　私は可愛くてちょっと天然系ヒロインが大好きです！　また戦う強くて可愛いヒロインも大好きです！　要するに可愛いが正義ですね（笑）
ヒーローは眉目秀麗、頭脳明晰、紳士で貴公子と非の打ちどころのないキャラクターが好きで目指しているんですが、私が書くヒーロー達は基本腹黒やらヘタレばかりです……。そして今作のヒーローであるクラウスもヘタレです（笑）
普段令嬢達からモテモテで紳士的（外面が良い）なクラウスですが、ルーフィナには空回りしてばかりです。まあプライドが高過ぎるので自分の気持ちを認められない事が大きな要因だと思います。
そんなクラウスに対して恋のライバルであるテオフィルの方が私の理想のヒーロー像に近い

ように思えます。

前記に書いた要素を兼ね備え、更に優しくて性格も良い！　正に理想です。テオフィルがヒーローでも良いのでは？　クラウスもう少し確りして……そんな風に思いながら書いております。ただ彼はまだ年若いので、一見冷静沈着に見えますが不安定さがありそのせいでカトリーヌの口車に乗ってしまいました。そして修道院へ……。本編からは離脱してしまいましたが、また何処かで再登場させたいなと思う今日この頃です。

話は変わりますが、挿絵は如何でしょうか？　イラストレーターの夕城様に描いて頂いたのですが、本当に素敵でイラストデータを頂いた時は頬を緩め暫く眺めて楽しんでいました。ルーフィナは天使のようで、クラウスは正に王子様！　見ているだけで妄想が膨らみます！制服、普段着（ドレス）、舞踏会、お茶会、夜会と色付きで様々なVer.を描いて頂いたのですが、挿絵の枚数が決まっておりますので全て披露する事が出来ず残念で仕方がありません。どれも本当に可愛くて格好良くて素敵なので、皆様にお見せ出来る機会がありましたら良いなと思っています。

最後になりますが、今回書籍化のお声掛けをして下さった方、担当者様、イラストレーター様、そしてこの本をお手に取って下さった皆様本当にありがとうございます！　物語はまだ続きますので、またお会い出来れば嬉しいです！

試し読みはこちら

〔悪役令嬢は嫌なので、
医務室助手になりました。〕 1~3

著者:花煉
イラスト:東由宇

試し読みはこちら

〔毒の寵妃は
後宮で花ひらく〕

著者:沖田弥子
イラスト:あのねノネ

試し読みはこちら

〔事故チュー
だったのに!〕

著者:こう
イラスト:日下コウ

試し読みはこちら

〔前略母上様　わたくしこの度
異世界転生いたしまして、
悪役令嬢になりました〕 1・2 完

著者:沙夜　イラスト:ムネヤマヨシミ

試し読みはこちら

〔魔力のないオタク令嬢は、
次期公爵様の一途な溺愛に
翻弄される〕

著者:糸加　イラスト:鳥飼やすゆき

試し読みはこちら

〔純潔の男装令嬢騎士は
偉才の主君に奪われる〕 1

著者:砂川雨路
イラスト:黒沢明世

プティルブックス毎月23日頃発売!

## コミカライズ情報

〔悪役令嬢は嫌なので、
医務室助手になりました。〕
漫画:東由宇　原作:花煉
単行本1・2巻絶賛発売中!

〔魔力のないオタク令嬢は、
次期公爵様の一途な溺愛に
翻弄される〕
漫画:まぶた単　原作:糸加
単行本第1巻発売中!

〔純潔の男装令嬢騎士は
偉才の主君に奪われる〕
漫画:黒沢明世　原作:砂川雨路
単行本第1巻発売中!

〔ラチェリアの恋〕
漫画:みなみ恵夢
原作:三毛猫寅次
コミックシーモアにて絶賛配信中!

コミックシーモアにて配信開始!

〔王宮にはアレが居る〕
作画:aoki　原作:六人部彰彦
ネーム構成&キャラクターデザイン:
三槻ぱぶろ

そのほかタイトルも
続々コミカライズ企画進行中!

ティアラブックス

# 旦那様は他人より他人です ～結婚して八年間放置されていた妻ですが、この度旦那様と恋、始めました～ 1

2024年9月28日　第１刷発行

著　者　**秘翠ミツキ**　©Hisui Mitsuki 2024
編集協力　プロダクションベイジュ
発行人　鈴木幸辰
発行所　株式会社ハーパーコリンズ・ジャパン
東京都千代田区大手町 1-5-1
04-2951-2000（注文）
0570-008091（読者サービス係）
印刷・製本　中央精版印刷株式会社

Printed in Japan K.K.HarperCollins Japan 2024
ISBN978-4-596-71441-1



**※この作品はフィクションであり、実在の人物・団体・事件等とは関係ありません。**

**※本作はWeb上で発表された小説『旦那様は他人より他人です ～結婚して八年間放置されていた妻ですが、この度旦那様と恋、始めました～』に、加筆・修正を加えたものです。**